浙江省 2018 年重点出版物出版计划

2019 年度浙江省社科联人文社科出版资助项目(19WT09)

经典回眸

——中国现当代文学名家名作赏析

郭剑敏 著

浙江工商大学出版社 | 杭州

ZHEJIANG GONGSHANG UNIVERSITY PRESS

图书在版编目(CIP)数据

经典回眸：中国现当代文学名家名作赏析 / 郭剑敏著. —杭州：浙江工商大学出版社，2019.6
(网络化人文丛书 / 蒋承勇主编)
ISBN 978-7-5178-0341-6

Ⅰ. ①经… Ⅱ. ①郭… Ⅲ. ①中国文学－现代文学－文学欣赏 ②中国文学－当代文学－文学欣赏 Ⅳ. ①I206.6

中国版本图书馆 CIP 数据核字(2018)第 220414 号

经典回眸——中国现当代文学名家名作赏析
郭剑敏 著

出 品 人	鲍观明	
责任编辑	王　耀　　白小平	
封面设计	林朦朦	
责任印制	包建辉	
出版发行	浙江工商大学出版社	
	(杭州市教工路 198 号　邮政编码 310012)	
	(E-mail:zjgsupress@163.com)	
	(网址:http://www.zjgsupress.com)	
	电话:0571-88904980,88831806(传真)	
排　　版	杭州朝曦图文设计有限公司	
印　　刷	杭州宏雅印刷有限公司	
开　　本	787mm×960mm　1/32	
印　　张	4.625	
字　　数	80 千	
版 印 次	2019 年 6 月第 1 版　2019 年 6 月第 1 次印刷	
书　　号	ISBN 978-7-5178-0341-6	
定　　价	28.00 元	

总　序

从普及人文知识,提升大学生和社会公众人文素养的宗旨出发,我们精心策划编写了这套"文字—视频—音频"三位一体的"网络化人文丛书"。其定位是:人文类普及读物,兼顾知识性、学术性、通俗性;既可作为大学人文通识课教材,又可作为社会公众的普及读物。

移动网络时代,"屏读"逐步改变着人们的阅读方式,传统的"纸读"在人们的阅读生活中有日渐淡出之势。常常有人称"屏读"为肤浅的"碎片化"阅读,缺乏知识掌握的系统性和文本理解的深度,因此,我对此种阅读方式表示忧虑。

我以为,我们应该倡导有深度和系统性的阅读——主要指传统的"纸读",但是,对所谓"碎片化"的阅读,也不必一味地批评与指责。这不仅是因为"屏读"依托于网络新技术因而有其不可抗拒性,还因为事实上这种阅读方式也未必都是毫无益处甚至是负面的,关键是网络时代人们的心境已然不再有田园牧歌式的宁静与悠然,而是追求单位时间内阅读的快捷性和有效性,这符合快节奏时代人们对行为高效率的心理诉求。我们没有理由在强调不放弃传统阅读方式的同时,非得完全拒斥移动网络时代新的阅读方式,而应该因势利导,为新的阅读方式提供更优质的阅读资源和更多元化的阅读渠道。

基于此种理念,这套"网络化人文丛书"力求传统与现代、人文与技术的融合,通过二维码技术使"纸读"与"屏读"(视频、音频)立体呈现,文字、视频和音频"三位一体",版式新颖;书稿内容力求少而精,有人文意蕴,行文深入浅出、雅俗共赏,在一般性知识介绍与阐释的基础上有学术的引领和提升;语言简洁、明了、流畅,可读性强,既不采用教材语言,也不采用学术著作语言,力图让其成为网络时代新的阅读期待视野下大学生和社会公众喜闻乐见的人文类普及性读物。

我们坚信,这样的写作与编辑理念是与时代精神及大众阅读心理相契合的。不知诸君以为如何?

蒋承勇

2018 年 8 月

目录

引　言　经典回眸

　　中国现当代文学史上不同时期涌现出了诸多脍炙人口的名篇名作，其中既有中国现代文学史上的名篇，如鲁迅的《祝福》、曹禺的《雷雨》等，又有 20 世纪五六十年代问世的红色经典作品，如罗广斌、杨益言的《红岩》，杨沫的《青春之歌》，还有新时期文坛上有影响力的作品，如张贤亮的《绿化树》、余华的《活着》、刘震云的《一地鸡毛》等小说作品。这些作品是所属时期的经典之作，体现了不同的情感与思维模式。因此，在历史大背景下对现当代文学名家名作进行解析一方面力求观点新颖独到，从而培养读者的批判性思维，另一方面也力求生动、易懂。因此，《经典回眸——中国现当代文学名家名作赏析》立足人文教育，以普及性读本的形式，带领读者回眸中国现当代文学史上具有代表性的作家及作品，同时通过对作品的赏析，提高读者的文学素养与审美能力。

1 启蒙者的失语与逃离：
《祝福》主题意蕴的再解读

　　《祝福》是鲁迅所创作的小说中十分重要的一篇，长期以来一直入选高中语文课本，使得这部作品获得了广泛的传播，被一代代人熟知。这篇小说一直以来被认为是一篇描写旧中国农村妇女苦难命运的作品，通常对其主旨内涵的解读不外如下：小说真实地描绘了劳动妇女祥林嫂在旧社会的悲惨遭遇。作品通过封建礼教吃人的血淋淋的事实，谴责了这个以鲁四老爷为代表的制度和社会，也批判了周围群众施予祥林嫂的冷漠、歧视和嘲弄。不错，就小说所叙述的主体内容而言，这样的理解也讲得通，很容易被人们接受，但是，仅仅停留于此的解读与阐释又似乎很不尽如人意，表达这样主题的作品在 20 世纪二三十年代的小说中并不鲜见。就表现的深度、艺术的纯熟度来说，柔石的小说《为奴隶的母亲》并不在其之下、《祝

福》的独特性又在哪里呢？同时，在这样的解读中，一个十分重要的叙述主体被人们忽略了，作为写作者，鲁迅的精神世界与创作心态被人们遗忘了，而这不能不说是长期以来在解读小说《祝福》过程中的一种缺憾与偏失。

1.1　一场启蒙者与被启蒙者的对话

通过《祝福》来窥探鲁迅复杂、矛盾的内心世界，需要我们首先回到这部作品本身，对其重新进行梳理。小说的作者是鲁迅，文中的叙述人是"我"，被叙述人是祥林嫂。在某种程度上，可以认为鲁迅与文中的"我"具有一种同构关系。作为文中叙述人的"我"是一位返乡探亲的新派知识分子，祥林嫂的故事便是通过"我"的追忆而叙述出来的。这样，就故事的叙事而言，"我"既是祥林嫂命运的记录者，同时也是对其人生状况的反思者，也只有通过"我"这样一个具有启蒙思想的新派知识分子的审视，祥林嫂的遭遇才呈现出一种深刻的悲剧意味，这也正是小说中"我"与鲁四老爷在面对祥林嫂时态度迥异的根源所在。这样来看，"我"对祥林嫂的关注与叙述，来自"我"的一种启蒙意识与使命感，祥林嫂的命运便是在"我"的叙述中展开的。"我"与祥林嫂是两个有着独立意义的主体，"我"是叙述者，祥林嫂则是被叙述者，"我"存在的意义在于对祥林嫂的命运进行叙述，以及由此对自身进行反思。所以，关注与挖掘"我"在叙述祥林嫂故事过程中所流露出的心理活动便是《祝福》这篇小说应有之义了，尤其当我们以此来观照鲁迅内在的精神世界时，这样的分析与解读更显得十分必要与关键。

我们注意到，小说是从"我"于旧历的年底返乡探亲写起的。在鲁迅的作品中，返乡是一个很重要的话题，鲁迅笔下的鲁镇便是在作者一次次的返乡历程中勾勒出来的。我们知道，鲁镇是鲁迅小说中承载作者对乡土中国的精神状态进行反思的一个重要的载体。这样来看，不仅是祥林嫂，整个鲁镇都是作者审视的对象，正是在这种审视中，有了"我"与祥林嫂的一场遭遇与对话。小说开篇即写"我"与祥林嫂的突然相遇，让我们来看一下，在这场启蒙者与被启蒙者的相遇中，究竟发生了什么事情，又传递出了怎样的信息。

　　我就站住，豫备她来讨钱。

　　"你回来了？"她先这样问。

　　"是的。"

　　"这正好。你是识字的，又是出门

人,见识得多。我正要问你一件事——"
她那没有精采的眼睛忽然发光了。

我万料不到她却说出这样的话来,
诧异的站着。

"就是——"她走近两步,放低了声
音,极秘密似的切切的说,"一个人死了
之后,究竟有没有魂灵的?"

我很悚然,一见她的眼钉着我的,背
上也就遭了芒刺一般,比在学校里遇到
不及豫防的临时考,教师又偏是站在身
旁的时候,惶急得多了。对于魂灵的有
无,我自己是向来毫不介意的;但在此
刻,怎样回答她好呢?我在极短期的踌
躇中,想,这里的人照例相信鬼,然而她,
却疑惑了,——或者不如说希望:希望其
有,又希望其无……。人何必增添末路
的人的苦恼,为她起见,不如说有罢。

"也许有罢,——我想。"我于是吞吞
吐吐的说。

"那么,也就有地狱了?"

"阿!地狱?"我很吃惊,只得支梧
着,"地狱?——论理,就该也有。——
然而也未必,……谁来管这等事……。"

"那么，死掉的一家的人，都能见面的？"

"唉唉，见面不见面呢？……"这时我已知道自己也还是完全一个愚人，什么踌躇，什么计画，都挡不住三句问。我即刻胆怯起来了，便想全翻过先前的话来，"那是，……实在，我说不清……。其实，究竟有没有魂灵，我也说不清。"

我乘她不再紧接的问，迈开步便走，匆匆的逃回四叔的家中，心里很觉得不安逸。

我们知道，就整篇小说的叙事安排来看，对祥林嫂身世命运的讲述，正是从这段对话之后展开的。"我"与祥林嫂，一位是具有启蒙思想的知识分子，一位是蒙昧乡村中的贫苦劳动妇女。"我"见到祥林嫂时，她已是一位头发全白、瘦削不堪，"眼珠间或一轮才知是一个活物"的乞丐了。但就是这样一位衣食无着、流落街头的祥林嫂遇到"我"时，却没有向"我"行乞，而是询问了一个有关灵魂有无的问题。无家可归的祥林嫂在此时已对生不抱任何的希望，她只是对死充满了恐惧，而这种恐惧并不是建立在对生的渴望上，而是一个有

关死后境况的疑问。这一疑问，在祥林嫂看来也许只有从"我"这样一位"识字的，又是出门人，见识得多"的读书人那里才能得到一个肯定的答案，这也是她濒死之际唯一的希冀了。所以，当祥林嫂遇到"我"后，便迫不及待地发出了内心的疑问："一个人死了之后，究竟有没有魂灵的？"而"我"面对有这样一种经历的祥林嫂，面对这样一个全然意外的问题时，变得语无伦次起来，最后只能"匆匆的逃回四叔的家中"。一场启蒙者与被启蒙者的对话就这样以启蒙者的落荒而逃而结束，作者也正是从这里拉开序幕，追忆了祥林嫂一生的遭际。小说以这样的方式展开叙事显然不仅仅是一种叙事策略的选择，还隐含了作者的叙事主旨。如果说小说《祝福》的叙事中心是祥林嫂，那么，去掉开篇与结尾处有关"我"的两部分文字叙述也丝毫不影响祥林嫂这一形象的完整性，以及我们对她的理解与把握。显然小说中"我"的出场与存在是一个十分重要的传递思想意识的支点，甚至可以说，由于"我"在文中的介入，祥林嫂成为一个背景式的人物。而"我"与祥林嫂命运处境的碰撞，则是作者想表达的更为深刻的主旨。

1.2　无可奈何的悲凉与反抗绝望

作为新派知识分子的"我"，启蒙是使命所在，祥林嫂于"我"而言，正是一位最应该关注的启蒙对象。"我"对祥林嫂悲苦的处境束手无策，这无可非议，因为作为一个读书人，本来就只能尽力让自己安身立命而已，并无政治上的权势为祥林嫂讨回一个公道，还她一个做人的生的自由与保障。但就是这样一个愚昧无知、生无可依的劳动妇女，在临死之际，唯一的困惑却是有关灵魂的有无问题。这理应是一个思想层面的问题，也理应由"我"这样的启蒙者给出答案，所以祥林嫂遇到"我"后迫不及待地发出这一询问便在情理之中了。而"我"在这最应该担起自己的职责、履行自己使命的时刻却变得语无伦次起来，甚至最后以逃离而躲避开去。在这里，鲁迅真正地陷入彷徨，真正地"彷徨于无地"了。如祥林嫂生不得死不得一般，鲁迅是肯定不得否定不得，语无伦次，不知所云了。"逃"意味着对责任的推脱，意味着对使命的放弃。"我"在这里的失语，也可以说是鲁迅的失语。当年毅然弃医从文，决心以文救人、以文立人的鲁迅在这里变得哑口无言了，启蒙者面对被启蒙者的失语是最大的不幸所在，尤其是在面

对祥林嫂这样一个求生不能、求死不得的无助者的时候，无言以对的失语更能使人感到一种无可奈何的哀痛。所以我们便可以理解鲁迅在小说结尾处所写的那一段内心独白式的文字了：

> 我给那些因为在近旁而极响的爆竹声惊醒，看见豆一般大的黄色的灯火光，接着又听得毕毕剥剥的鞭炮，是四叔家正在"祝福"了；知道已是五更将近时候。我在蒙胧中，又隐约听到远处的爆竹声联绵不断，似乎合成一天音响的浓云，夹着团团飞舞的雪花，拥抱了全市镇。我在这繁响的拥抱中，也懒散而且舒适，从白天以至初夜的疑虑，全给祝福的空气一扫而空了，只觉得天地圣众歆享了牲醴和香烟，都醉醺醺的在空中蹒跚，豫备给鲁镇的人们以无限的幸福。

此段文字可以说以乐写悲，在祝福的鞭炮声中，与其说是一种懒散而舒适的情状描写，不如说是对一种人生虚无的感慨。小说以此段文字收笔，可以说正是对开篇处失语后逃离行为的一个呼应。启蒙者既已无语可言，不如在这祝福的气氛中与天地众生一并来共享这"幸福"与"快慰"。小说以"祝福"为题显然是一种反语,但不仅仅是反衬祥林嫂的悲苦命运,更主要的是对社会现状的一种反讽,表达一种无奈的悲叹之情,正如鲁迅在《灯下漫笔》一文中所谈到的:

> 所谓中国的文明者,其实不过是安排给阔人享用的人肉的筵宴。所谓中国者,其实不过是安排这人肉的筵宴的厨房。
>
> 　　这文明,不但使外国人陶醉,也早使中国一切人们无不陶醉而且至于含笑。因为古代传来而至今还在的许多差别,使人们各各分离,遂不能再感到别人的痛苦;并且因为自己各有奴使别人,吃掉别人的希望,便也就忘却自己同有被奴使被吃掉的将来。于是大小无数的人肉的筵宴,即从有文明以来一直排到现在,人们就在这会场中吃人,被吃,以凶人的愚妄的欢呼,将悲惨的弱者的呼号遮掩,更不消说女人和小儿。

　　由是观之,鲁迅在《祝福》这部作品中表达出的思想感情应该说是一种无可奈何的悲凉,透出

一股虚无的气息。鲁迅这一时期的作品，大多笼罩着一种独孤、苦闷、虚无、绝望的情绪，正如鲁迅在 1925 年 3 月 18 日写给许广平的信中说道："我的作品，太黑暗了，因为我常觉得惟'黑暗与虚无'乃是'实有'，却偏要向这些作绝望的抗战，所以很多偏激的声音。"完成于这一时期的小说《祝福》也不例外，而且可以说是鲁迅小说中最为悲凉的一篇。

鲁迅以讲述祥林嫂的不幸进而审视作为启蒙者的自己的社会价值与人生价值，这可以说是小说《祝福》的独到之处，也可以说是鲁迅思想意识的深刻所在。五四时期不乏揭示底层群众不幸人生境况的作品，但就主旨而言，大多指向的是对黑暗、不公的社会现实的批判。而鲁迅却能在体察底层不幸者的同时，反省自身的社会存在意义，这是鲁迅思想认识的可贵之处，也是小说《祝福》思想内涵的独到之处。

2 家伦理视角下的悲剧冲突：《雷雨》人物命运困境解析

《雷雨》是曹禺的代表作，也是中国现代话剧史上的经典之作。可以看出，将人物命运及时代社会生活置于家庭这一特定场景与生活领域加以展示是曹禺戏剧作品表现的重点内容，其《雷雨》《原野》《北京人》《家》（改编自巴金的同名小说）等代表性的作品都呈现出了这一特点。以家庭为审视对象，在家这一环境中展现人的命运遭际，反映时代的生活主题是现代文坛上很多作家思考问题的出发点。在中国社会历史的发展演进过程中，中国传统文化的精神要义、儒家的思想学说，以及统治阶级的意识形态控制都十分集中地沉积在家庭这一构成社会的基本单位之中，所以"五四"以来的中国现代作家在表达人的觉醒、平民关怀，以及反封建的思想主题时，常常将家庭当作一个重要的观照视域，如鲁迅的《狂人日记》《离婚》，巴金

的《家》《寒夜》《憩园》,老舍的《四世同堂》,萧红的《呼兰河传》,等等。其中曹禺的《雷雨》在对家的审视,以及对生存于其中的人的观照上有其独到的内涵。

2.1 命运之网中的错位角色

《雷雨》讲述的是周、鲁两个家庭的成员之间错综复杂的关系及其矛盾冲突。剧作中的八个人物虽然各自有其独立的社会身份与社会角色,作品所表现出的两个家庭之间的悲剧性冲突也有其政治、经济、阶级等社会因素,但从全剧展开的侧重点来看,作家组织全部矛盾冲突的重心都集中于家庭这一范畴。可以说,《雷雨》从本质上来看是一出凝聚了伦理、道德、人性、欲望及时代主题等诸多因素的家庭悲剧。"家"在《雷雨》中有着丰富的内涵,它既是人物生活、活动的场所,又是戏剧展开情节的舞台空间,同时也是有关人的命运的隐喻性表达。《雷雨》中的"家"像一张牵制着周、鲁两家所有人命运的网,它虽然是由生活于其中的人组成,但一经形成,便成为一种主宰着生活于其中的人的命运的强大的外在力量,剧作的内涵由此升华为关于人与命运、人与人的悲剧性存在的哲理性思考。

　　从家庭的产生来看，它是以婚姻为契约、以血缘为纽带而组成的一个基本的社会单位。为了维护家庭结构的稳定性与有序性，不同民族、不同国家都对家庭有着种种规范性的约束。在家庭伦理规范中，也有着一些人类共同的东西，比如说乱伦禁忌。传统的中国社会是一个礼治的社会，所以中国在家文化，以及家庭伦理方面尤为倚重。中国传统的道德伦理文化中有很大部分是直接针对家庭而规定的，如长幼尊卑、三纲五常、三从四德、男尊女卑，以及孝、悌、节等观念。这种历史积淀下来的观念反过来对人形成了强大的牵制力量，使每一个越轨之人不得不承受一种道德的压力，产生一种无法摆脱的罪恶感。可以说，人类创造了文化，确立了伦理道德等规范，这些文化、规范一经产生便又成为外在于人的力量的存在，它们又转而对人类的生存形成一种制约。遵从于既定的规范抑或是违背这种规范便成为人对命运的选择，或者说成为左右自己命运的一种力量。《雷雨》中人物的悲剧性在于他们对既有的家庭伦理规范的违背，而违背之后他们又没有能力抵御这种由违背规范所产生的强大的惩戒力量。由周、鲁两家构成的这张命运之网有着极大的破坏性，且极具毁灭性与悲剧性，这种破坏性冲突力量的

形成源于剧中人物家庭角色的错位。错位的家庭角色成为剧作组织冲突、推动剧情向前发展,以及塑造人物性格、探视人性奥秘、开掘人生悲剧性的内驱力。《雷雨》中的八个人物相互间存在多层关系,如父子、母子、夫妻、情人、兄弟、主仆、劳资等。戏剧冲突的复杂性在于这多重关系蛛网般的交织,在于人物在这个家庭中所扮角色的错位与逆人伦。蘩漪与周萍、周萍与四凤、鲁侍萍与周朴园,每一组人物都是多重角色的交织,而这种关系又是绝不容于世俗伦理的。在这张复杂的家庭关系网中,周萍是一个焦点人物,他触犯了双重家庭伦理禁忌,即母子乱伦与兄妹乱伦的禁忌,也正是他的存在,使这张关系网成为置身其中的人物难逃的劫数。我们看到,剧作中的人物一个个都被黏附于这张命运的网上苦苦挣扎,每一个人在滑向不可抗拒又不可知的深渊时都紧紧地抓着其他人,以图获得解救,但这挣扎是那样无望与盲目,不可避免的惩罚将他们一并推向了死亡的深渊。在人与秩序的悲剧性冲突这一点上,《雷雨》与五四以来新文学的发展所表现的主题有很大的不同。五四以来的新文学以反封建礼教、反封建家族制度来表达其思想革命的要求。鲁迅借狂人之口揭示了封建礼教吃人的本质,巴金则在小说

《家》中对反对家长专制、破除门第等级观念的叛逆思想给予了高度肯定和赞扬,这是现代作家反对封建思想和揭示中国人精神困境所达到的一个主要的反思层面。曹禺则在这一层面上进一步向前探伸,他展现了人在面对命运的惩罚时那种无望地寻求救赎的悲剧性。如果说现代文学在这一题材领域表现出的大多是一种世俗性的悲剧,那么《雷雨》所表现出的则是一种终极意义上的悲剧。

《雷雨》对人命运的追问有着几分古希腊悲剧所具有的色彩,在对人的命运与人的悲剧性存在的关系的探究上,曹禺表达了一种终极关怀意识。《雷雨》中交织在一起的矛盾冲突是置身于其中的任何一个人都无法化解的,谁也改变不了那种悲剧性的结局。那张命运之网一经织成,所有的人都沦为被惩戒的对象。那种世俗的、道德的、伦理的规范力量是他们无法逃避、无法抗拒,也无法承受的,毁灭与死亡便成了唯一的结局。所以说,《雷雨》表现出的是一种对人类悲剧性命运的终极关怀,作家对这个大家庭内所发生的一切,持有一种宗教般的悲悯情怀,而不是愤慨之情,所以在《雷雨》中作者才会加上那样的一个"序幕"和"尾声"。曹禺在《雷雨·序》中说:"写《雷雨》是

一种情感的迫切的需要。我念起人类是怎样可怜的动物,带着踌躇满志的心情,仿佛是自己来主宰自己的运命,而时常不是自己来主宰着。受着自己——情感的或者理解的——捉弄,一种不可知的力量的——机遇的,或者环境的——捉弄;生活在狭的笼里而洋洋地骄傲着,以为是徜徉在自由的天地里,称为万物之灵的人物不是做着最愚蠢的事么? 我用一种悲悯的心情来写剧中人物的争执。我诚恳地祈望着看戏的人们也以一种悲悯的眼来俯视这群地上的人们。"

2.2 人欲的终极拷问与审视

错位的家庭角色罗织了一张悲剧性的命运之网,那么这错位了的家庭角色是怎样形成的? 是什么力量驱使他们步入了这张扼杀自己残存生机的命运之网? 抛开种种偶然的、巧合的、宿命的因素,我们说这种驱使人物一步步走向这张命运之网的原动力来自人自身的欲望,这种悲剧意识的表达同样带有一种宗教意义的终极色彩。欲望于人是与生俱来的,人在欲望的驱使下一旦突破理性的防线,很容易形成一种破坏力,这种破坏力常常累及他人,也会毁灭自身,所以世界上每一种宗教都对人的本能欲望保持着高度的警惕。基督教讲的是人的原罪意识。佛教讲超脱、净化，所谓苦海无边回头是岸，这苦海也就是欲望之海。从另一个角度来看，《雷雨》揭示的是人欲望的滋长和蔓延导致了悲剧的产生，这使整部作品都带着对人类灵魂拷问的哲学色彩。《雷雨》中的周、鲁两家，一个是挣扎在社会底层的城市平民家庭，一个是拥有庞大矿产、住在豪华的周公馆里的上流社会家庭。两个家庭之间本来就有着一道难以逾越的鸿沟，但欲望的驱使、情欲的诱惑却使这两个家庭盘根错节地交织在了一起。上一代的欲望之火蔓延至下一代人的身上，这欲望之火并没有在那个沉闷的雷雨天里熄灭，反而愈演愈烈，终将那些年轻的生命吞噬。在《雷雨》中，郁热是剧中人物最突出的生命特征，这种郁热来自内在欲望的膨胀，以及潜在的道德罪恶感的煎熬。他们不愿听天由命，却又无力回天；放任了欲望，却主宰不了自己的命运。这不仅是《雷雨》中人物的悲剧性体验，也是人类生存中的悲剧性所在。"五四"以来的新文学是大力倡导人的解放、个性解放的人的文学，批判的是"存天理灭人欲"的封建礼教，而《雷雨》在对人的欲望与人的悲剧性的关系的探寻上则有着超阶级、超时代的色彩，所以曹禺提醒看这出戏的观众："我是个贫穷的主人，但我请了看

戏的宾客升到上帝的座,来怜悯地俯视着这堆在下面蠕动的生物。他们怎样盲目地争执着,泥鳅似的在情感的火坑里打着昏迷的滚,用尽心力来拯救自己,而不知千万仞的深渊在眼前张着巨大的口。他们正如一匹跌在沼泽里的羸马,愈挣扎,愈深沉地陷落在死亡的泥沼里。"

在对《雷雨》的解读过程中,人们常常将道德的天平倾向于侍萍、四凤和蘩漪,而将更多的谴责指向周朴园和周萍。的确,在一个男权的社会中,在地位悬殊的主仆关系中,周朴园和周萍之于侍萍、蘩漪和四凤占据着主动,他们理应承担更大的责任。但剧作绝不仅仅是停留在这一层面上进行社会的、阶级的或道德的批判,它是在更深的层面上去展现"人欲"与"既存法则"的冲突。周朴园在第一幕中对周萍有一段训诫:"我的家庭是我认为最圆满,最有秩序的家庭,我的儿子我也认为都还是健全的子弟。我教育出来的孩子,我绝对不愿叫任何人说他们一点闲话。"这段话道出了周朴园作为这个大家庭的一家之长的家规准则,以及他行为取舍的原则。正是为了这个他所谓的最圆满、最有秩序的家庭,他抛弃了门不当、户不对的侍萍。也正是为了这种大家庭的秩序,他在孩子与下人面前不留一丝情面地强迫蘩漪喝下那碗药。殊不知,周朴园抛弃了侍萍却没能逃掉因年轻时放纵情欲所带来的惩罚。他一家之长绝对权威的树立,并没有换来最有秩序的家庭,反而遭到了不甘忍受这种无爱婚姻的妻子的背叛。周朴园曾放纵自己的欲望,但自己最终又吞下了这枚苦果;他压制了他人的欲望,却导致了他人欲望之火的喷发蔓延。周朴园并非彻头彻尾的自私、虚伪、冷酷,所以当侍萍第二次出现在周家时,他毫不犹豫地让周萍当面认母,他应该知道这一认也意味着他多年精心营造的这座最有秩序的家庭大厦将轰然倒塌,只是此时的悔过对于周朴园的人性来说,有道德提升的意义,但对于悲剧性命运的结局已无任何改变的可能。曹禺曾说宇宙像一口残酷的井,而他所表现出的人的欲望更是一口残酷的井,不论是谁,"落在里面,怎样呼号也难逃脱这黑暗的坑",周朴园、侍萍、蘩漪、周萍、四凤、周冲,都成了这场由人自己的欲望点燃最终又燃及自身的大火的受难者。从这个意义上说,《雷雨》又是一部有关人的欲望与人的悲剧性的关系的寓言式作品。

《雷雨》以错位的家庭角色的冲突为表征,从不可抗拒的命运与人的内在欲望两个方面探究了人存在的悲剧性,这两种力量一种外在于人、超越

于人,一种内在于人、来自人自身。这种终极关怀意识构成了剧作最深层的思想探求,正因如此,《雷雨》攀上了中国现代话剧的最高峰,它以对关于人的存在这一永恒命题的追寻与拷问,获得了超越时空的审美价值。

3 红色叙事的意义生成：
《红岩》创作过程解析

《红岩》是中华人民共和国成立后革命历史小说中的一部经典作品，小说中塑造的江姐、许云峰等共产党员英雄群像，给几代读者留下了难以磨灭的印象，激发了无数人对革命烈士的崇敬与缅怀之情。小说《红岩》是在真人真事的基础上加工、创作而成，所描写的"中美特种技术合作所"集中营之白公馆和渣滓洞在今天已是全国爱国主义教育基地——重庆歌乐山革命烈士陵园的主要组成部分。自 1996 年起在全国各地举办的"红岩魂——白公馆、渣滓洞革命先烈斗争史实展览"更是引发了强烈的反响。这些实物及图文并茂的史料与小说《红岩》相互呼应，共同沉淀为一种生动而厚实的历史记录。但是，《红岩》作为一部小说，毕竟是经过了艺术化的叙事文本，追溯这个文本的生成过程，也许会使我们对

历史、对当代文学的文本创作产生更为丰富的思考。

3.1 作为历史亲历者的最初讲述

罗广斌是小说《红岩》的作者之一，20世纪40年代在云南、四川一带从事革命工作。1948年经江竹筠（即小说中江姐的原型）介绍加入中国共产党，同年因叛徒出卖而被捕，先后被关押在重庆"中美特种技术合作所"渣滓洞和白公馆集中营。在1949年11月27日国民党对这两处集中营中囚禁的人员进行大屠杀时，罗广斌策反看守杨钦典成功，带领白公馆中的十几个人越狱脱险。由罗广斌、杨益言合著的小说《红岩》主要描写了中华人民共和国成立前夕重庆地下党的活动情况，以及部分地下党员被捕后在狱中的斗争生活。《红岩》中所讲述的一个个动人心魄的故事，激励了几代人的革命热情，也使它成为记录革命历史的经典文本。但是如果我们从历史的亲历者、故事的讲述者罗广斌的角度来看，"红岩"的故事并不是从一开始就以这样的方式讲述的。在小说《红岩》产生之前，罗广斌曾对这一段历史经历有过几次总结与记录，我们不妨来看一下在这一过程中，几个文本之间的差异在哪里。这同时也是对小说《红岩》生成过程的一个研究。

作为1949年重庆解放前夕白公馆、渣滓洞集中营大屠杀中的幸存者，罗广斌在出狱后不久就向上级党组织递交了一份报告：《关于重庆组织破坏经过和狱中情形的报告》（以下简称《报告》）。我们可以把这份报告看作罗广斌对于这一历史经历的第一次讲述。这份报告共两万余字，分为《挺进报》被破坏、个别地下党领导的叛变和造成的损失、叛徒的破坏、狱中斗争、脱险经过、狱中意见等几个部分。值得注意的是，在这份报告中，叛徒问题是涉及最多的一个方面。从史料记载来看，1948年中共重庆地下党组织遭受大破坏的主要原因就是叛徒出卖。而更为严重的是，叛变投敌者是一批在重庆地下党组织中担任重要职务的领导干部，主要有重庆市委书记、负责工人运动的刘国定，重庆市工委副书记、分管学生运动的冉益智，城区区委书记李文祥，以及中共七大代表、川东临时工委副书记兼川东地下工委书记涂孝文等。他们的叛变导致了在不到一年的时间内，四川重庆一带的地下党组织中133人被捕入狱。罗广斌本人就是因刘国定的出卖而被捕入狱的。正是因为变节者位居要职，其破坏程度才会如此

之大。据史料的记载，1949 年 11 月，白公馆集中营共关押 54 人，"11·27 大屠杀"杀害 28 人，放 7 人，脱险 19 人（内有小孩 2 人）。渣滓洞集中营中，"11·27 大屠杀"屠杀 188 人，脱险 34 人。所以罗广斌在这份报告中重点对这一事件进行了总结。在《报告》中，罗广斌对几位领导干部变节投降以后的情况分别进行了说明，并谈了自己的看法。这些以生命和鲜血为代价换来的沉痛教训，成为亲历者最为关注的核心问题，可见其利害关系之重大。不过在小说《红岩》中，叛徒问题只集中在一个知识分子出身、只担任地下党沙磁区委委员职务、负责经济工作的甫志高身上，与史实有很大的出入。将甫志高作为重庆地下党遭受大破坏的罪魁祸首，在情理上难以讲通。这只能说明，到小说《红岩》时，叙述的重心已发生了转移，叛徒问题已不是表现的主题。

3.2　从《圣洁的血花》到《在烈火中永生》

1949 年 11 月底，重庆解放后，重庆市委组织成立了"重庆市各界追悼杨虎城将军暨被难烈士筹备委员会"。这个委员会大量收集牺牲在"中美特种技术合作所"集中营的烈士材料，出版了《如此中美特种技术合作所——美蒋特务重庆大屠杀之血录》一书。罗广斌、杨益言、刘德彬三人在重庆市委的指派下参加了这项工作。当时,杨益言在青年团重庆市委任办公室主任,罗广斌、刘德彬则在重庆市委机关的劳动基地狮子滩长寿湖农场工作。之后不久,为了进一步宣传集中营内的斗争生活,罗广斌、刘德彬也一并被调到重庆团委。在此期间,他们记录下了许多烈士在狱中的生活和斗争事迹,整理了三百多个烈士的小传。为了向青少年进行革命传统教育,重庆市委指定他们在重庆和四川各地做了几百场报告。1950 年,三人合著完成了一篇万余字的报告文学,题目为《圣洁的血花》,最早刊登于《大众文艺》的第 1 卷第 3 期,同年 11 月,由新华书店华南分店出版了单行本。1957 年,应中国青年出版社文学编辑室之约,三人将在各地巡回报告的内容整理为 1 万多字的革命回忆录《在烈火中永生》(书名来源于叶挺在渣滓洞内所写的《囚歌》)发表于《红旗飘飘》,1959 年 2 月中国青年出版社出版了经过补充增订的近 10 万字单行本。这可以看作关于《红岩》故事的第二次讲述。

这一次讲述是由有着在白公馆、渣滓洞集中营被关经历的罗广斌、杨益言、刘德彬三人共同完成的。从内容上来看，这一次叙述与罗广斌最初的报告已有了很大的不同：既没有谈到叛徒问题，也没有后来小说《红岩》中中共地下党组织在重庆领导的城市革命运动及在四川华蓥山根据地进行的武装斗争，而是侧重于揭露集中营内对被关押人员的残酷迫害及大屠杀这一暴行，可以说揭露与控诉是这一次讲述的重心。

《圣洁的血花》与《在烈火中永生》较为相近，后者可看作对前者的扩写。从内容上来看，《圣洁的血花》主要记述了"监狱之花"的诞生，新四军战士龙光章的去世及其追悼会，1949 年元旦的狱中庆祝活动，江竹筠、陈然的受刑，"11·27 大屠杀"，以及少数被关押人员在最后时刻的突围。整部作品只是一些零星的、片断的记录，以情景描写和事件过程的交代为主，人物形象模糊，没有过多的渲染、烘托。对烈士受难和狱中大屠杀的描写占了较大的篇幅，纪实性较强，重点突出了狱中受迫害景况、敌人的暴行，以及受害烈士牺牲的情形，尤其是对敌人在白公馆、渣滓洞实施大屠杀过程的描写，可谓惨烈之至。

罗广斌、杨益言、刘德彬三人在重庆和四川各地以"中美特种技术合作所"集中营里的故事为素材做了几百次的报告,并在此基础上完成了革命回忆录《在烈火中永生》。由夏衍改编,水华导演,北京电影制片厂于 1965 年出品的电影《烈火中永生》由小说《红岩》改编而成,与这部作品并无关系。《在烈火中永生》集中描写了白公馆、渣滓洞两所集中营内的斗争生活情况和被关押人员受迫害的情况。与《圣洁的血花》相比,其细节描写得到增强,文学色彩变得浓厚,更加注重气氛的渲染和心理刻画,故事也更为完整,不再只局限于对片断场景的描写。整个作品共由 12 个部分组成,除对白公馆、渣滓洞狱中情况的整体介绍外,主体部分基本上是以人物为中心来展开叙述的。对叶挺、杨虎城、罗世文、车耀先在狱中的情况和最后的遭遇都进行了讲述。更为突出的是,江姐、蒲小路(小萝卜头的原型)、陈然(成岗的原型)、许晓轩(许云峰的原型)等人物形象在这部作品里已有了较为丰满的刻画。从中也可看出,到《在烈火中永生》时,作者已经开始注重对狱中革命者的精神内涵进行挖掘,叙述的重心也开始由"事"向"人"转移。不过,在这个文本中所讲述的各个部分的内容之间没什么联系,故事相对独立,白公馆与渣滓洞也是作为两个独立的空间场所进行描述的,并没有连成一个整体,更没有后来

《红岩》中的狱外党组织所领导的城市革命运动及华蓥山游击队。在对狱中斗争情况的表现方面,《在烈火中永生》主要是通过对个人的描写来反映,而小说《红岩》中的斗争则自始至终都是在狱中党组织统一的领导和布置下展开的。《在烈火中永生》与《圣洁的血花》一样,主要突出了对敌人暴行的揭露,而叛徒问题在这次叙述中没有提及,这与两个文本产生的缘由有关。它们都是作者在整理革命烈士的事迹、进行爱国主义宣传所做报告的基础上加工、整理而成,控诉敌人的罪行、呈现当年狱中的受迫害景况自然成了文本叙述的中心。

3.3　小说《红岩》的诞生及其历史意味

革命回忆录《在烈火中永生》出版后引起的强烈反响,受到了共青团中央和中共重庆市委的重视。1958 年,中国青年出版社文学编辑室主任江晓天得知罗广斌、杨益言、刘德彬三人正在合写这样一部长篇作品,便专门派人到重庆与作者接触,商议创作事宜。这样,小说《红岩》的创作正式提上了日程。1959 年 6 月,小说的初稿写成,在征求重庆市委宣传部、组织部有关人员的意见后,对部分内容进行了重写,又完成了第二稿,定名为

《禁锢的世界》（据杨益言所注，书名系出自蔡慰梦烈士狱中长诗《黑牢诗篇》中第一章的小标题）。这一稿在征求意见时受到了严厉的指责，被认为未掌握长篇小说的创作规律和技巧，且基调低沉压抑，满纸血腥，缺乏革命的时代精神，未能表现出先烈们壮烈的斗争精神。

为了给小说的"精神面貌翻身"，在沙汀的建议、重庆市委的安排下，罗广斌、杨益言于1960年6月来到北京（刘德彬于1959年被打为"右派"，因而没有参加小说后续的创作），一面修改作品，一面学习、参观、访问。在军事博物馆、革命历史博物馆里，他们看到了毛泽东在解放战争时期写的文件手稿。同年9月，《毛泽东选集》第四卷出版，通过反复、认真学习，他们对整个解放战争时期全国的战争形势发展有了宏观的了解和把握。从这之后，罗广斌和杨益言在重庆市委的安排下脱产对小说进行修改，可以说这是一次推倒重来的写作。他们每改完一部分便将其寄往中国青年出版社，听取编辑的修改意见。编辑提出的修改意见细致入微，不仅涉及整部作品的思想主题、结构布局的把握，还具体到每个细节的描写与处理，对于人物应该怎么出场，怎么发展，怎么退场都进行了具体的指导。在作者的日夜奋战、编辑的精

心指导下，小说的第三稿于1961年2月完成。第三稿完成后，罗广斌、杨益言于3月再次赴京，与众编辑召开座谈会，当面听取意见和看法。在此基础上，很快就完成了第四稿与第五稿的写作，于1961年12月最后定稿，并在与编辑们商议后，最终确定了小说的题目为《红岩》。在《红岩》的创作过程中，为了小说的修改，中国青年出版社的编辑曾三次去重庆，作者也三次赴京。出版社先后有七位编辑参与审稿工作，不论是作者还是有关的编辑都可谓是呕心沥血。罗广斌和杨益言在进行这部小说的准备工作时，记录了上千万字的材料，整理了两百多位烈士的小传。小说曾有三次返工，五六次大修大改，总共写了三百万字，最后留下了四十万字。

那么，在《红岩》的成型过程中，从初稿到最后的定稿，从最初的报告文学《圣洁的血花》《在烈火中永生》到最后的小说《红岩》，其间发生了哪些变化？几个文本之间的主要区别在哪里？

从文本的内容来看，与《圣洁的血花》和《在烈火中永生》只描写狱中的情况不同，小说《红岩》是围绕三条线索展开叙述的：一是在白公馆、渣滓洞集中营内展开的狱中斗争，二是重庆城内中共地下党组织的学生运动及地下党开展的工作,三是华蓥山游击队的武装斗争。这样的叙述视野,将狱内与狱外的党领导下的革命斗争连成一个整体,把"中美特种技术合作所"集中营里的具体斗争,放在了中国共产党领导的解放战争对敌人已形成摧枯拉朽之势的背景下去表现,从而一扫此前报告文学中低沉压抑、满纸血腥的气氛。同时,也正是带着这样的豪情壮志,《红岩》为我们精心刻画出了共产党员的英雄群像。

许云峰是《红岩》中的主要英雄形象之一。报告文学《在烈火中永生》中写到一个被捕入狱的地下党地委书记许晓轩,这应该是后来《红岩》中许云峰的原型。从责任编辑王维玲记录的有关《红岩》创作过程的文章中可以了解到,在《红岩》的初稿和二稿中,许云峰还不是一个贯穿全书的人物,他入狱后一直被关在渣滓洞,1948 年就牺牲了。经过不断地加工,许云峰不仅成为一个贯穿全书的人物,同时也成为一位表现共产党人狱中斗争精神的中心人物。通过对许云峰被捕经过的描写,将狱外的地下党工作情况进行了介绍;通过对许云峰由渣滓洞被转押到白公馆的描写,把两处集中营的斗争连接了起来。为了刻画许云峰这样一位中共地下党领导人的高大形象,作者在细节

的处理上也进行了精心安排：小说开篇处，作为重庆地下党主要负责人的许云峰一来到准备作为联络点的沙坪书店，就意识到可能存在的危险，因为甫志高没有听从许云峰的告诫，才有了后来的一连串损失；许云峰的被捕也是为了保护川东特委负责人李敬原而主动自我暴露。在报告文学《烈火中永生》及《红岩》的一、二稿中，都写到了一个被关押在白公馆的没有留下名字的人物，他在被关押期间，用两年的时间在地牢里挖了一条通道，自己一个人逃了出去，却不幸碰到电网触电而死。这一情节在后来被移到了许云峰的身上，写他在白公馆被关押的地牢内挖出通道，但没有选择自己逃生，而是把它留给狱中的战友们在突围越狱中使用，自己则迎着曙光英勇就义。正是通过这样一系列的描写，一个无比勇敢、无比坚强、勇于牺牲自己、对党无比忠诚的共产党人形象就被树立了起来。

此外，对反面人物的塑造，在《红岩》中也颇用笔墨，这在前面的两个文本中是没有的。在《圣洁的血花》和《在烈火中永生》中，敌人只是以一种整体的概念化的形象而存在，而在《红岩》中则具象为一个个生动、丰满的人物形象。"揭露敌人，表彰先烈"是上级党组织对写作《红岩》指定的主题，所以,如何刻画敌人形象也是创作中需要解决的重要课题。在《红岩》中,刻画得最为成功的便是特务头子徐鹏飞,小说对其阴险毒辣、诡计多端一面的描绘可谓入木三分,他残酷迫害江姐、许云峰、成岗等革命者,凶残狠毒又色厉内荏。徐鹏飞这一形象是以徐远举为原型创作的。史料记载,徐远举于1948年12月担任国民党西南特区区长兼西南长官公署二处处长,是国民党在西南地区最大的特务头子。正是他亲手主持和策划了1949年11月27日对关押在白公馆和渣滓洞等集中营内的共产党人和革命志士的大屠杀事件。重庆解放时,徐远举逃亡台湾未果,于昆明被抓获,先后被关押在白公馆西南公安部第二看守所、北京功德林战犯管理所。在人民政府革命人道主义政策的感召下,徐远举于1964年写下了《血手染红岩》一书,详细交代了自己的累累罪行,并进行了反思。"文革"期间,"造反派"为了罗织有关人士的罪名,对徐远举进行提审逼供,以特赦为诱饵,想让他提供一些"有价值"的证据材料,徐远举却不愿以出卖人格来换取自由。1973年,徐远举因脑溢血在北京复兴医院病故。沧海桑田,事过境迁,历史烟尘中的各种滋味,令人感慨万千。

如果我们把罗广斌出狱后最初递交给上级党组织的那份《关于重庆组织破坏经过和狱中情形的报告》，以及报告文学《圣洁的血花》和《在烈火中永生》，还有小说《红岩》看作作者在不同时期对同一事件的三次不同文本化的叙述，那么这三个文本呈现在我们面前的是三个故事类型：第一个文本侧重于总结叛徒问题，可称为总结、反思型叙事文本；第二个文本侧重于声讨敌人的暴行，可称为揭露、控诉型叙事文本；第三个文本侧重于展现共产党人的革命英雄气概，可称为弘扬、讴歌型叙事文本。当然，就三个类型的叙事文本而言，《红岩》这个叙事文本最能深入人心，它迄今的发行量已超过1000万册，这在整个当代小说中是屈指可数的。

《红岩》的创作过程可以说是一个不断地"修正"叙事的过程，考察《红岩》的写作方式，一定程度上可以透视20世纪五六十年代的文学生产环境与生产机制。《红岩》的创作，体现了当代文学在这一时期"集体化写作"的特征，对于革命历史的叙述与记忆成为多种话语力量介入的产物。文学创作从本质上来看是一种叙事活动，这种叙事活动往往受到创作主体的写作立场、审美个性，以及创作年代的文艺政策、主流意识形态等因素的制约与影响。对文本生成过程的研究可以说是一种回溯式的研究,也就是将作家在从素材到作品的艺术创作过程中沉淀的种种文学史信息挖掘出来,从而透视文本写作年代的文艺创作机制。

4 不断修正的革命叙事:《青春之歌》及其续篇的问世

　　在中华人民共和国成立初期出现的众多讲述革命历史的文学作品中,《青春之歌》有着特殊的意义。它是中华人民共和国成立后出现的第一部以知识分子成长史为题材的长篇小说。作品以"九一八"至"一二·九"这一时期为背景,讲述了小资产阶级知识分子林道静如何在党的教育下,最终成长为一位共产主义战士的过程。如果这只是作者杨沫一次纯粹的、自发的、带有自传色彩的文学创作活动,那么作品对林道静这一形象的塑造,以及对其经历的描写无可争议。但是,小说选材的特殊意义、中华人民共和国成立后"十七年"小说特定的意识形态功能、20世纪50年代对文学作品的政治化阅读方式,注定了作品对这位小资产阶级知识分子成长过程的描述会成为当时关注的重心。当林道静承担起展现30年代知识分子走过的革命道路这一宏大叙事任务时,她走的道路就不能听任作者的安排,而必须纳入一条已经被设定好的轨道,只有这样才能说明林道静走的道路是一条"正确的道路",林道静的"成长"才具有昭示性的意义。

4.1 《青春之歌》的争论及问题的实质

1959 年《中国青年》和《文艺报》组织了关于《青春之歌》最初版本的讨论,围绕在革命年代里知识分子是如何成长的、知识分子如何才能转变为一名无产阶级革命战士、林道静这一形象能否很好地体现这一成长过程这几个方面展开。其中,来自北京电子管厂的一位名叫郭开的读者对小说的批评最为严厉,他在 1959 年第二期的《中国青年》和第四期的《文艺报》上连发两篇文章《略谈对林道静的描写中的缺点——评杨沫的小说〈青春之歌〉》和《就〈青春之歌〉谈文艺创作和批评中的几个原则问题——再评杨沫同志的小说〈青春之歌〉》,就杨沫在林道静这一形象的塑造上存在的缺陷和失误展开了批评。郭开在文中指出,《青春之歌》"充满了小资产阶级情调,作者是站在小资产阶级的立场上,把自己的作品当作小资产阶级的自我表现来进行创作的"。作品"没有很好

地描写工农群众，没有描写知识分子和工农的结合，书中描写的知识分子，特别是林道静自始至终都没有认真地与工农大众相结合"。作品也"没有认真实际地描写知识分子改造的过程，没有揭示人物灵魂深处的变化。尤其是林道静，从未进行过深刻的思想斗争，她的思想感情没有经历从一个阶级到另一个阶级的转变，到书的结尾她也只是一个较进步的小资产阶级知识分子，可是作者却给她冠以共产党员的光荣称号，这样的结果严重的歪曲了共产党员的形象"。"我们不允许以共产党员做幌子，自觉或不自觉地出售资产阶级的思想感情。我们不能把那种穿着工农衣服，戴着共产党员帽子的小资产阶级知识分子当作学习的榜样。"中华人民共和国成立后的知识分子一直处在接受工农兵再教育的位置上，1957 年的反右派斗争更是对知识分子阶级性的一次大批判。所以，当杨沫正面描写知识分子成长道路的《青春之歌》于 1958 年出版后，引来作为工人阶级一员的郭开的批评也就十分正常了。郭开的批评看上去囊括作品的写作立场、人物刻画、思想感情等诸多方面内容，但其实质就是关于如何看待知识分子思想改造。知识分子如何才能走上正确的革命道路，这在毛泽东的《中国社会各阶级的分析》

(1925)、《五四运动》(1939)、《中国革命和中国共产党》(1939)等文中已有论断。可以说,这些论断是对知识分子在新民主主义革命中的角色和作用的"质的规定",郭开也正是以此为据来展开批评的,其结论带有无可辩驳的说服力。也正因此,杨沫在作品受到批评的当年便对作品进行了大力修改,于1960年由人民文学出版社推出了作品的再版本。

杨沫对作品进行的修改正是依据郭开的批评而进行的。在再版《青春之歌》的后记中,杨沫谈道:"《中国青年》和《文艺报》上的讨论,以及其他读者所提出的许多意见,集中起来可以分为这样几个主要方面:一、林道静的小资产阶级情感问题;二、林道静和工农结合问题;三、林道静入党后的作用问题——也就是'一二·九'学生运动展示得不够宏阔有力的问题。这些问题在这次的修改本中我是把它们逐条解决的。"杨沫之所以按照郭开的批评对原作进行全面的修改,并不是郭开的意见具有多高的权威性,实在是因为郭开的批评话语背后有毛泽东相关论断的支持。作品能否"真实地"表现20世纪30年代知识分子的革命历程,取决于作家是否按照革命领袖毛泽东的有关理论来组织叙事。杨沫也正是以此为指导在再版

本中对初版本中的"缺陷"进行了"修正"和"弥补",使作品能够更"真实地"反映历史的面貌。比较初版本与再版本,可以明显看出在再版本的第二部中增加了八章林道静到农村工作的内容,即再版本中的第七至第十四章,以及三章林道静在"一二·九"运动时到北京大学开展工作的内容,即再版本中的第三十四章、第三十八章和第四十三章。这样,《青春之歌》由初版本的三十七章扩充为再版本的四十五章。关于这次修改,评论界大多认为修改不够成功,所增加的内容与原文很不协调,但如果进一步深究的话,这种不协调的背后折射出的是中华人民共和国成立后主流意识形态对知识分子这一群体的角色定位与舆论导向。

4.2　从"礼赞青春"到"低头赎罪"

　　再版本的《青春之歌》最为突出的修改是增写了八章有关林道静赴河北深泽县接受农村工作锻炼、进行思想改造的内容。初版本中,林道静在定县的一个小学教书,因组织学生开展革命斗争活动而遭受迫害,只好回到北平从事新的革命工作。再版本中,林道静在江华的安排下从定县来到相邻的深泽县的农村工作,增加这一内容的目的就在于突出林道静在成长过程中与工农相结合。为

使林道静完成与工农结合的任务,作者在情节的
安排及人物的设置上可谓绞尽脑汁。首先是在林
道静的身边出现了几位农民形象:一是革命者李
永光的母亲,林道静称其姑母,二是地主宋贵堂
家的长工郑德富,三是车夫许满屯。与林道静相
比,这几位农民均具有清醒的阶级斗争意识,有
着自觉而坚定的阶级反抗意识,他们对农村的革
命斗争形势与地主阶级的反革命本质有着比林
道静更为深刻的认识。因此,作品中新增加的这
三个人物均是以林道静革命道路上的"引路人"
的身份出现的。当林道静从车夫许满屯那里接
受了阶级斗争的教育后,作品中这样描写林道静
的感触:

> 　　和满屯简短的交谈,立刻在道静心
> 上烙上一个深深的印象:看,这长工立场
> 多么坚定,见解又是多么尖锐。她感觉
> 出来他和姑母有许多共同的,而又是她
> 身上所没有的东西,可是究竟是什么,她
> 也说不大清楚。也许就是他们的阶级出
> 身、他们劳动者的气质和她不同之故吧?
> 认识这些人,向这些人学到许多她以前
> 从没体会过的东西,她觉得高兴;可是和

这些人来往,又使她觉得不大自在,使得她身上隐隐发痛。仿佛自己身上有许多丑陋的疮疤被人揭开了,她从内心里感到不好意思、丢人。赎罪?……她要赎罪?一想到这两个字,她毛骨悚然,心里热辣辣地疼痛。

作者不仅将林道静作为一位受教育的对象来描写,而且在这些农民面前进一步将她作为一位"赎罪者"进行刻画。

林道静出生在一个地主阶级家庭,虽然作者为去除林道静家庭出身的阶级色彩做了多方面努力,但这依然不能使她具有先天的无产阶级革命性。郭开在其批评文章里指出:

一个地主的女儿的"血液里"有"要求革命的本性",我真不知道世界上还有谁不要求革命的了!既然林道静的血液里有要求革命的本性,为什么又说是在党的教育、启发下才走向革命的呢?这个矛盾怎么解决呢?实际上林道静的身上只有地主阶级的女儿的血液,资产阶级知识分子的血液,在这种血液里,根本没有什么要求革命的本性,特别是没有无产阶级革命的本性。如果说知识分子的血液里有要求革命的本性,那余永泽为什么没有? 所以归根到底,地主阶级出身的知识分子的血液里没有要求革命的本性,他们的革命意识是后天的,这是在他们接近了劳动人民以后,在党的启示下,才要求革命的,才走上革命道路的,而且经过许多教育才能革命到底。他们和工农劳动者是不同的,后者的革命性是先天的,也就是说,是其阶级性原有的本性。所以也只有工农劳动人民的血液里才有要求革命的本性。

郭开操持的"血统论"认为林道静无论如何投身于革命都难以摆脱非无产阶级出身的"原罪"。所以在再版本中,作者让林道静与林家当年的佃户郑德富再次相遇。郑德富的妻子因受林道静的父亲林伯唐的奸污而自杀,不知林道静已走上革命道路的郑德富再见到林道静时依然以仇视的目光相待,林道静颇感委屈。在姑母的启发下,林道静意识到了自己与受苦受难的农民阶级之间的感情隔膜,从而陷入深深的自责中。

初版本中的林道静虽然是一位有着种种小资产阶级感情色彩的青年知识分子，但她一心向往革命，也积极地投身革命活动，将革命事业与自己的人生追求结合起来，始终洋溢着青春的激情。在再版本中新增的描写林道静赴深泽县农村工作的内容中，已经走上革命道路的林道静则完全是作为一个受改造、受教育的角色而出现在几位劳动者面前的。所以，再版本中新增的内容与原作"不协调"，并不是因为作者试图图解政治或不熟悉农村生活，而是林道静这一角色的定位存在矛盾。初版本中作者对林道静的人生道路充溢了赞美之情，而在再版本新增的内容中，作者则竭力剖析林道静灵魂深处的小资产阶级思想，并在与劳动人民的比较中，让林道静不断进行自责、反省与检讨。可以说，这时的林道静已完全失去了歌唱自己亮丽青春的资格，而是作为一位"老老实实"地接受劳动人民再教育的"小资产阶级知识分子"角色而出现的。在再版本中，作者不仅着重表现出林道静阶级觉悟意识稚嫩、浅薄的一面，而且突出了她出身于剥削阶级家庭而对劳动人民先天具有剥削者的身份。这样，林道静要想真正走上革命道路，她与工农的结合、接受劳动人民的再教育，不仅是必要的，而且是她赎清自身"原罪"的一个机会。将接受改造与"赎罪"联系在一起,知识分子只有走过"脱胎换骨"式的"炼狱"之路才能加入"无产阶级"革命队伍。《青春之歌》动笔于中华人民共和国成立初期,那时作者杨沫还能以革命参与者的口吻来讲述一代青年知识分子的革命历程,意气风发地回顾革命岁月的火热青春。但时至 20 世纪 50 年代后期,知识分子已在一系列批判运动中成为有待改造的对象,即使是讲述曾经的革命历史,他们也失去了与无产阶级革命者平等分享成果的资格。修改后的《青春之歌》留下了诸多"后遗症",反映了文本生成过程中话语讲述年代的意识形态观念对话语讲述年代的历史面貌的"左右"与"修正"。

4.3 "削足适履"的续写与杨沫的遗憾

现在我们再来谈一下《青春之歌》的续篇《英华之歌》。

《青春之歌》之后,杨沫又创作了《东方欲晓》(第一部)、《芳菲之歌》、《英华之歌》三部长篇小说。《青春之歌》《芳菲之歌》《英华之歌》并称杨沫的"青春三部曲"。其中 1990 年由花城出版社出版的长篇小说《英华之歌》是《青春之歌》的续篇。《青春之歌》中的林道静、卢嘉川、江华、罗大方、俞

淑秀等人物在这部作品中悉数登场，小说的中心情节围绕着林道静、卢嘉川、江华三人之间的感情纠葛与矛盾冲突展开。《英华之歌》的故事发生地是1939年至1942年的冀中平原抗日敌后根据地。林道静任河北安定县的县委副书记兼宣传部长，江华是地区的地委书记，而卢嘉川则是军分区的司令员。林道静与卢嘉川再度相逢后，彼此珍藏已久的感情被重新点燃，但林道静已与江华结合，而且与江华有了孩子，这使得林道静与卢嘉川难续旧情。在《青春之歌》里，江华是一位机智、沉着、老练的地下党负责人，而在《英华之歌》中，他虽然成了高级干部，但变得自私、冷漠、心胸狭窄，不仅要求林道静对自己百依百顺，而且怀疑她怀的不是自己的孩子，这使得他们的感情日渐疏远。小说不止一次回叙《青春之歌》中江华向林道静求爱，以及林道静茫然地站在屋外的雪地里不知所措的场景，表明他们的婚姻是带有政治、道义、家庭需要等色彩的，不完全是爱的结合。为了突出林道静、卢嘉川与江华之间的矛盾，小说着重表现了当时党内开展的清查托派的运动。在这一路线斗争中，江华成为走"左"倾路线的代表，与林道静、卢嘉川所坚持的正确路线形成冲突。正是在江华的主持之下，党内一大批无辜干部遭受了不应有的迫害,甚至林道静也因保护所谓"托派分子"而被隔离审查。到这时,江华与林道静之间的夫妻关系已名存实亡,唯一维系他们二人关系的便是他们的孩子方方。但不久后,方方在一次随林道静躲避敌人搜查的行动中意外地死去了。在《英华之歌》中,江华不仅在道德上,还在政治立场上被置于一个受谴责、受批判的位置。也正是在他错误路线的引导下,根据地一大批党的干部中了敌人的圈套,遭受围困,经林道静和卢嘉川所率领部队的全力营救才免于全军覆没。不过在战斗中,江华中弹牺牲,林道静也身负重伤,小说以卢嘉川到卫生院看望林道静而画上了句号。

从情节的设置上可以看出,《英华之歌》作为《青春之歌》的续篇,叙事的重心并不是人物性格内涵的发展,而是在新的形势与环境下,林道静、江华、卢嘉川三人之间错综复杂的矛盾纠葛。甚至可以说,《英华之歌》就是为了完成林道静与卢嘉川的结合这一任务而写,在这个意义上,《英华之歌》更像是对《青春之歌》中人物关系的发展所做的一个交代和补充,而不像是一部在艺术上和精神内涵上全力推进的小说续集。关于《英华之歌》为什么以这样一个面貌出现,我们不妨做一个

推测：林道静与卢嘉川是作者钟爱的两个人物，在《青春之歌》中，卢嘉川不仅是林道静投身革命的引路人、人生的导师，同时也是林道静挚爱的对象。作者在《青春之歌》中也可以安排林道静与卢嘉川结合，但林道静已是余永泽的妻子。不管在革命的道义上余永泽处于怎样的一个受谴责的位置，但可以设想，如果让卢嘉川最终赢得林道静，卢嘉川无论如何都难以摆脱借革命的名义来夺人之妻的嫌疑。所以此时让林道静与卢嘉川走到一起，并不是一个很好的选择，因为这会给革命的语义系统带来不和谐的杂音。于是，卢嘉川只能以牺牲来化解这一难题。同时，他的牺牲不仅能展现出革命者的崇高精神，同时也可以激励林道静更为迅速地成长，坚定她革命斗争的意志。对林道静而言，江华在某种程度上是卢嘉川的替代者。江华与卢嘉川本来就是并肩作战的战友，卢嘉川牺牲后，由江华来接替卢嘉川在林道静心中的位置也显得顺理成章，但在林道静的心中念念不忘的仍是卢嘉川。《青春之歌》中描写江华与林道静初次见面，以及江华向林道静表白爱慕之情的两个涉及二人关系进展的关键地方，林道静的脑海中都闪现出了卢嘉川的身影。可以说，江华从一开始便是作为卢嘉川的替身出现在林道静的情感空间的,用《英华之歌》中林道静自己的说法是"借尸还魂"。《青春之歌》的"革命成长"叙事业已完成,到20世纪80年代后期写作《英华之歌》时终于能够有机会来弥补这一缺憾,所以作者在《英华之歌》里让卢嘉川"死而复活"。为使林道静与卢嘉川的结合取得在道义上的支持,作品突出表现了党内的路线斗争,并将江华置于林道静和卢嘉川的对立面。而且,比照《青春之歌》与《英华之歌》中的江华,其思想观念和性格性情判若两人,令人颇感突兀,但这更清楚地说明作者的叙事意图。在《青春之歌》里,为了保证革命的纯洁性,作者让卢嘉川做出了牺牲,同时也牺牲了林道静的爱情。《英华之歌》则是对所付出的这一代价的补偿,为了补偿,只好让江华做出牺牲,同时不惜在作品中对江华进行"削足适履"的刻画。除此之外,我们很难再推断出杨沫在《英华之歌》中如此组织叙事的动机了。

从1958年《青春之歌》的发表,到1992年《英华之歌》的面世,30多年中,杨沫笔耕不辍、勤奋写作,但与其说她是在创作,不如说她是在修改,从1959年修改《青春之歌》起,这种调整、修正、弥补的工作就一直没有停止过。写一路,改一路,革命叙事的语义逻辑、当代多变的政治风云

成为调控作家写作的"指针",多少才情与美好的构想都耗散在这无尽的"修改"与"补偿"中。"带着镣铐去跳舞",无论如何都难以展现舞蹈者最佳的舞姿。

5　亲情隐痛与政治隐痛的双重纠结：《傅雷家书》的再解读

　　《傅雷家书》由傅雷的次子傅敏编订而成，初版于 1981 年由上海三联书店出版，收录了 1954 年至 1966 年傅雷写给儿子傅聪的中文信件共计 125 封，这些信件均由傅聪所存；收录了傅雷写给傅敏的 2 封信，以及傅雷的妻子朱梅馥写给儿子傅聪的 1 封信。傅雷是著名的翻译家、评论家，而傅聪是年少成名、享誉世界的钢琴家。《傅雷家书》既是父子之间的亲情传递，又是两位艺术家之间有关艺术与人生、学习与成长的对话。对话者身份的不同凡响，对话内容的博学高雅，都使得《傅雷家书》一经出版，便具有了典范的意义。在有关傅雷及《傅雷家书》的众多表述中，无一例外地赋予两者极其崇高的人文精神内涵，从某种程度上来说，傅雷因此成为体现当代知识分子文人风骨的高标。楼适夷在其《读家书，想傅雷》一文

中称《傅雷家书》是"一部最好的艺术学徒修养读物",是"一部充满父爱的苦心孤诣、呕心沥血的教子篇"。单纯地去阅读《傅雷家书》,的确处处都能让人感受到傅雷对儿子傅聪浓浓的父爱,以及无微不至的关怀。一封封家书中,傅雷与儿子傅聪关于人生、艺术等话题推心置腹的交流及其在交流中所表现出的博学与不同凡响的艺术素养,都令人肃然起敬。有了这样一位才华横溢、艺术修养高,而又亲切耐心的父亲的教导,傅聪能在钢琴领域取得非凡的成就似乎顺理成章。但还原历史后拼接而成的傅雷教子画面却远非家书中所呈现的那样美好,留给人的是一种五味杂陈的感觉。回到具体历史语境中的《傅雷家书》饱含着的是一位身处动荡岁月的知识分子难以言表的政治隐痛与亲情隐痛。

5.1 傅雷教子方法的还原与追问

谈《傅雷家书》,可先从傅雷与傅聪的关系,以及傅雷对傅聪的教育方式谈起。傅雷有着很耿直的性格,与傅雷有过交往的人大多对傅雷刚烈、耿直甚至暴躁的性格和脾气有十分深刻的记忆。傅雷的这种性格常常被看作一种文人气节或知识分子风骨,甚至被进一步提升为傅雷精神。性格刚烈、疾恶如仇固然是十分可贵的品质，但如果是粗暴待人则未必可取。很多关于傅雷的回忆性文字都谈到了傅雷当年在管教傅聪时表现出一种非同一般的严厉。严厉虽然是一种教育方法，但失度却可能带来伤害，傅雷教子之法是否得当，恐怕有待推敲。

杨绛在《忆傅雷》一文中记述了当年自己和钱锺书到傅雷家做客，傅聪和傅敏兄弟俩想在客厅里听大人们说话，却被傅雷看作不礼貌的行为而遭到责骂。"只听得傅雷厉声呵喝，夹杂着梅馥的调解和责怪；一个孩子想是哭了，另一个还想为自己辩白。我们谁也不敢劝一声，只装作不闻不知，坐着扯谈。"傅雷如此的训子方式，尤其是在孩子们十分喜爱与尊敬的客人面前，对孩子自尊心所造成的伤害是可想而知的。以至在多年后傅聪回国拜访杨绛先生时，杨绛又谈及这一幕，傅聪也不愿就此多言父亲，只是慨叹说："唉——那时候——我们就爱听钱伯伯说话。"还说道："爸爸打得我真痛啊！"言语间颇有几分不堪回首的隐痛。叶凯在其所著的《傅雷的最后 17 年》一书中写到了这样的一个细节："小时候傅聪在楼下弹琴，傅雷在楼上书房里工作，楼下的琴声传上来，只要听到琴声稍有点不对头，傅雷立刻便会下来，

轻则呵斥，重则抬手就打。"

上述种种情形，恐难称得上教子有方，即使看作傅雷家教严格，恐怕也有美化的嫌疑。1992年金圣华在采访傅聪时，重点谈了傅雷。当金圣华问起在他心目中父亲是一个怎样的人时，傅聪叹口气说："讲到我爸爸，有时候，我觉得自己的一切烦恼都是从他而来的，我们有很多地方太相似了，使我几乎不能客观地描绘他。他当年经历过的种种痛苦，似乎都由我承受下来了。"

那么我们又该如何理解从《傅雷家书》中读到的傅雷给予儿子傅聪那种感人至深的父爱呢？事实上，《傅雷家书》中表达出的父爱只是阅读者在脱离种种具体的语境后得到的一种单向阅读感受。究其实质，将家书中流露出的这种父爱看作傅雷在儿子长大成人后带着深深的悔意对自己往日过失的追问也许更为恰当。对于在傅聪成长过程中自己的种种过失，傅雷是有所醒悟的，而这种醒悟正是始于与傅聪的这些通信。傅聪于7岁半时在傅雷的安排下开始学琴，但是到1948年傅聪14岁时，傅雷对傅聪在钢琴方面的发展前景失去了信心，也放弃了对傅聪在钢琴方面的培养，那一年傅雷举家迁往昆明，后来辗转返回上海时，傅聪被单独留了下来。傅聪后入读云南大学外文系，直到 1951 年才自筹路费回到上海的家,也才重拾中断数载的钢琴练习。在这期间,傅雷与傅聪父子间因弹琴方面的分歧数次发生冲突,傅聪甚至赌气离家出走。此时的傅雷几乎失去了对傅聪在钢琴方面培养的耐心,而不曾料到的是,傅聪却意外地收获了成功。《傅雷家书》中,这些家信的写作始于 1954 年,这一年傅聪 20 岁,傅雷之所以从 1954 年开始给傅聪写信,是因为这一年傅聪离家远行,而且是远赴波兰。早在前一年,傅聪就经选拔被派往罗马尼亚参加"第四届国际青年与学生和平友好联欢节"的钢琴比赛,并获得了钢琴独奏三等奖,这是傅聪第一次在国际比赛中获奖。正是因为这次比赛成绩突出,他又被国家选中派往波兰参加"第五届肖邦国际钢琴比赛",此时的傅聪身上笼罩着巨大的荣誉和光环。儿子学有所成,并且代表国家参加国际比赛,身为父亲的傅雷本应感到无比的喜悦与荣耀,但此时傅雷的内心充满的却是自责与悔恨。

1954 年 1 月 18 日,即傅聪离家赴京的第二天,傅雷写下了给儿子傅聪的第一封家信,在信中傅雷这样写道:"孩子,我虐待了你,我永远对不起你,我永远补赎不了这种罪过!"言犹未尽,第二天,傅雷又写一封:"昨夜一上床,又把你的童年温

了一遍。可怜的孩子，怎么你的童年会跟我的那么相似呢？我也知道你从小受的挫折对于你今日的成就并非没有帮助，但我做爸爸的总是犯了很多很重大的错误。"《傅雷家书》就是以傅雷对已经长大成人的儿子的忏悔开始的，读之心痛，充满悔恨，这不是教子成功的激动，而是对自己身为父亲多年来粗暴行为的悔恨与愧疚。

5.2 从"忏悔、愧疚"到"控制、束缚"的家书

如何看待《傅雷家书》中傅雷对傅聪所表现出的那种拳拳父爱之心与无微不至的关怀之情是解读《傅雷家书》时需面对的又一个问题。前文谈到，《傅雷家书》中的通信始于傅雷对傅聪的愧疚之心，如果傅雷由这样的反思出发，与儿子开始真诚、平等地沟通，那么《傅雷家书》也可看作傅雷对于曾经给予儿子心灵伤害的一种弥补，这有可能收获一份亲密无间的父子情，但事实并非如此。因为傅雷在家书中与儿子的沟通并没有沿着这个方向发展，而是走向了另一个极端，即将无微不至的关怀转化成了另一种对儿子的控制与束缚。《傅雷家书》看似充满着一个父亲对远在异国的儿子细致入微的关怀，从思想到心情，从学习到工作，从恋爱到理财，从起居到业余爱好，从穿着到

待人接物，一一过问指点。同时傅雷还就音乐、文学、东西方文化等与儿子进行了深入探讨与交流，深情、博雅而又关怀备至。这一切看起来与傅雷父子所追求的事业，以及天各一方的思亲处境都十分吻合，但傅雷在家书中的这些表达远远超出了关怀的限度，成为对傅聪在精神上和思想上的另一种"奴役"和"捆绑"。

傅聪到波兰后不久，傅雷便去信就穿着礼仪提醒傅聪："你素来有两个习惯：一是到别人家里，进了屋子，脱了大衣，却留着丝围巾；二是常常把手插在上衣口袋里，或是裤袋里。这两件都不合西洋的礼貌。"类似的叮咛在傅雷写给傅聪的家书中随处可见。这样的叮嘱使傅雷逐渐从最开始的悔恨情绪中走了出来，在找回作为父亲的自信的同时，开始了对傅聪"一厢情愿"地引导与塑造，并在这种塑造中获得巨大的满足感。1960 年傅聪与美国著名小提琴家梅纽因的女儿弥拉结婚，傅雷在家书中又多了一份对傅聪婚后家庭生活的关怀，以及对儿媳弥拉"精神成长"的过问。在 1961 年给傅聪的一封信中写道："最后问一句：你看过此书没有？倘未看，可有空即读，而且随手拿一支红笔，要标出（underline）精彩的段落。"傅雷不仅指出傅聪应该读的书，还详细描述了读书的方法，

同时还谈及对儿媳妇弥拉的看法。在另一封信中,傅雷甚至开始传授儿子如何引导妻子进行理财:"凡不长于理财的人少有不吃银钱之苦的。我和你妈妈在这方面自问还有经验可给你做参考。你怕烦,不妨要弥拉在信中告诉我们。"无论如何,如此"无微不至"的父爱,几乎是对已独立成家、已在艺术领域有所建树的傅聪生活的过度介入了。傅雷在家书中以与傅聪事无巨细的"交流"这一方式,继续"塑造"一步步成长的远在国外的儿子,包括对艺术的理解,以及为人处世的理念。在某种意义上,家书对傅雷而言比对傅聪更重要。傅雷通过写家书,以及通过想象这种家书对儿子傅聪的影响来获得一种成就感,家书成为傅雷生活中的一种重要的精神依赖。

对于父亲如此"无微不至"的关怀,通信另一方的傅聪又是怎样的反应和感受呢?种种迹象表明,傅聪在父亲的来信中明显感受到了这种"关怀"背后的压力与束缚。与父亲的频频来信相比,傅聪回信很少,以至傅雷有时不得不就此提醒儿子。1955年4月1日傅雷在写给傅聪的信中说道:"我知道你忙,可是你也知道我未尝不忙,至少也和你一样忙。……但我仍硬撑着工作,写信,替你译莫扎特,等等,都是拿休息时间,忍着腰痛来做的。孩子,你为什么老叫人牵肠挂肚呢?"在另一封信中傅雷又写道:"假如心烦而坐不下来写信,可不可以想到为安慰爸爸妈妈起见而勉强写?"一次邮局弄丢了一封傅聪的来信,傅雷甚至要求傅聪重新写一封过来。笔者读家书很心痛,因为从中读到的是一个控制欲极强的父亲,一个挣扎着不想承认失败的父亲,同时也是一个明知儿子早已摆脱控制又想竭力掩盖这种事实的父亲。

1992年金圣华在香港采访傅聪时,问及当年傅雷给傅聪写了那么多信,而傅聪回信却很少的原因,傅聪回答:"我不敢写,我只写这么少的信,只要随便说一句,一个小小的感想,就引起父亲这样的反应,如汪洋大海,源源不绝而来,我要再多写一些,那就更不得了,那就什么也不必干,钢琴也不必练,整天得写信了!"时至2002年11月4日,傅聪应邀在陕西电视台《开坛》栏目的演播室与主持人郭宇宽就音乐、文化、艺术、教育等问题进行交谈,当主持人提及很多父母把《傅雷家书》当作《圣经》来读时,傅聪这样说道:"这很危险,非常危险,我非常不赞成。我再跟你讲个故事。有个叫廖冲的女孩子,我很喜欢,性格非常纯洁直爽,像个男孩子似的,在音乐上也很有才能。她很

喜欢读家书,也被这本书感动了,可是,她看了家书,对我说:'这样的父亲怎么受得了啊!'"傅聪在这里终于借别人之口道出了自己的心声,道出了对父亲的家书的真实感受:"怎么受得了啊!"

5.3 傅聪的"出走"与家书的"风险"

读《傅雷家书》时不可回避的便是 1958 年傅雷于反右派斗争扩大化运动中被划为右派及傅聪由波兰出走英国的事件。《傅雷家书》中的通信始于 1954 年 1 月 18 日,结束于 1966 年 6 月 3 日。在这一时期,政治运动的风波浪潮席卷全国,对于傅雷及傅聪来说,在此期间更是历经波澜、变故。傅雷被划为右派,傅聪出走英国,但家书却在这样动荡的岁月中持续地往来着。一个右派分子与一个出走到当时属于对立国的儿子互通书信,这种行为在彼时的国内环境下所带来的政治风险是不言而喻的。1955 年,舒芜将自己与胡风往来的一批信件交给了上级组织,这些信件在被摘编后下发,成为胡风反革命的重要证据。1957 年,浦熙修交出了罗隆基与自己相识十余年间往来的信件,这些信件在当时对批判罗隆基发挥了重要的作用。此后,置身其中的知识分子深知书信的"厉害",在书信中表露"异端"之见,哪怕对方是自己最信任的人,也是不安全的。傅雷却在这样的时期与出走英国的儿子频频通信,这并不是说傅雷因思子心切而不顾政治上的安危,而是傅雷深知如何写就可以确保这些信件在思想上的安全性,甚至努力让这些家书成为自己及儿子在政治上、思想上及灵魂深处爱党爱国的"证明"。

1958年12月,傅聪由波兰出走至英国,傅雷与傅聪之间的家书因此中断,再次通信是10个月之后。1959年10月1日傅雷再次给傅聪去信,这也是傅聪出走后二人的第一次通信,在这封信中傅雷写道:"孩子,十个月来我的心绪你该想象得到,我也不想千言万语多说,以免增加你的负担。你既没有忘怀祖国,祖国也没有忘了你,始终给你留着余地,等你醒悟。我相信:祖国的大门是永远向你开着的。"在这里,傅雷通过家书,一方面努力地淡化傅聪出走可能带来的政治上的负面影响,另一方面把傅聪描述成一个苏武牧羊式的身居国外却能保持中国人的气节与赤诚的爱国艺术家形象,提醒傅聪要做一个有傲气的中国艺术家。1964年,傅聪加入英国籍。1958年傅聪出走英国后曾对外有过三点声明,其中一条便是不加入英国籍,但傅聪最终还是在国籍身份上脱离了与中国的关系。傅雷在家书中谈了自己对此事的看

法："我们知道一切官方的文件只是一种形式,任何法律手续约束不了一个人的心——在这一点上我们始终相信你;我们也知道,文件可以单方面的取消,只是这样的一天遥远得望不见罢了。"意思是说,傅聪虽入了英国籍,但心还是中国心,同时暗示有一天傅聪的国籍还是会换回来的。在信中,傅雷还进一步把傅聪加入英国籍归咎为其岳父的怂恿和压力:"他把国籍看作一个侨民对东道国应有的感激的表示,这是我绝对不同意的!"

在每一次傅聪的行为引发重大政治风波的关口上,傅雷都会在家书中与傅聪大谈爱国主义,因为傅雷深知,只有这样才能使自己及傅聪获得政治上的安全。今天能够看到结集出版的《傅雷家书》,是因为多年来这些书信被精心保存,傅敏在《傅雷家书》的编后记中说:"每次给哥哥的信都编号,记下发信日期,同时由妈妈抄录留底;哥哥的来信,也都编号,按内容分门别类,由妈妈整理成册。"保存亲人间的书信无可厚非,很正常,但考虑到傅聪出走的背景,这些信件在文字表述上若稍有不慎,极可能带来祸患,而傅雷却将其精心地留底保存起来,个中缘由,并非傅雷无所畏惧,而是因为傅雷知道这些书信在政治上都是十分安全的,没有丝毫越"红线"的地方,甚至还能起到政治

"护身符"的作用。1957 年傅雷也被卷入了反右派运动,承受着越来越重的政治压力。是年 12 月 25 日朱梅馥在给儿子傅聪的信中写道:"爸爸在这一年来,尤其是宣传会议前后及期间一段时间,所写给你的信,由你挑选一下,我想这是最真实的思想,跟儿子的信,总是实际的思想状况,不会有虚假的了。希望你立刻寄回来,我想可以交给领导看,这是更能帮助领导了解爸爸的好办法。"

5.4 20 世纪 80 年代语境中的《傅雷家书》与傅雷形象

《傅雷家书》在 20 世纪 80 年代初的出版,对新时期文学而言有着不同寻常的意义。它在某种程度上成为树立饱受政治劫难而不失风骨、气节与风采的文人形象的最有影响力的文字记录。可以说《傅雷家书》的出版及其广泛传播,对傅雷形象及傅雷精神的树立起着决定性的影响作用。1979 年傅聪回国参加父母的追悼会,曾向楼适夷提起当年父母写给自己的信都保存在自己海外的住所里。追悼会结束后,傅敏于 1979 年 4 月自费到英国求学,在哥哥傅聪那里见到了当年父母写给哥哥傅聪的家信,在征得他的同意后便开始选编整理。1980 年傅敏从英国返回,将选好的信件

的复印件带了回来,此后他一边工作,一边编家书。时任北京生活·读书·新知三联书店总编辑的范用在楼适夷的推荐下找到傅敏商谈家书的出版事宜。几经周折,《傅雷家书》于1981年8月出版,由此开始广为流传,成为非政治类通俗读物中最畅销的书籍,被列入共青团中央向全国青年推荐的读物。2012年,江苏文艺出版社出版了《傅聪版傅雷家书》,仍然是由傅敏所编,由四个部分组成:第一部分是傅聪写给父母的6封家信,第二部分是1954年至1958年傅雷夫妇写给傅聪的82封家信,第三部分是傅雷夫妇在世时摘编的39封傅聪的家信,第四部分是1959年至1966年间傅雷夫妇写给傅聪的102封家信。《傅聪版傅雷家书》总计收录傅雷夫妇的家信184封,其中傅雷143封,朱梅馥41封。与1981年最初的版本相比较,《傅聪版傅雷家书》一是增加了傅聪家信的数量,二是增加了傅雷夫妇家信的数量,母亲朱梅馥由最初版本的1封增加到41封。这个版本的"傅雷家书"以1958年为界分为两部分,其中的缘由便在于,傅雷正是在1958年的反右派斗争扩大化中被划为右派的,而傅聪也正是在这一年的12月出走英国的。

傅雷平反、傅聪回国、《傅雷家书》的出版,是相互关联、连续发生的三件事。这三件事对于傅雷一家人而言意义非凡。傅雷平反意味着傅雷头上的右派帽子被彻底摘掉,是政治上的平反;傅聪的回国,则意味着傅聪已被祖国重新接纳,多年在外的游子终于回到了祖国;《傅雷家书》的出版,是将傅雷精神打造成一代知识分子精神品格的象征。同时,这三件事发生在 20 世纪 70 年代末 80 年代初这样的历史转折时期也有着十分重要的意义,它们在知识界产生了巨大反响,对彼时知识分子话语权的重构、知识分子形象的重塑有着十分重要的作用。

在诸多关于傅雷事迹的著述中,作家叶永烈创作的有关傅雷及其家庭的传记文学作品数量最多,对傅雷形象的塑造及傅雷精神的阐释产生的影响也最大。早在 1980 年叶永烈就以傅雷、傅聪父子的遭遇为原型创作了小说《爱国的"叛国者"》,这也是有关傅雷与傅聪事迹最早的文学化呈现。后来叶永烈在 1984 年第 2 期的《百花洲》上发表了报告文学《家书抵万金——〈傅雷家书〉和傅聪》。在写这篇报告文学的过程中,叶永烈采访了许多傅雷生前的好友,如楼适夷、周煦良、雷垣、林俊卿等,还有傅雷家当年的保姆周菊娣,她也是傅雷夫妇自杀的见证人。通过采访,叶永烈

掌握了大量第一手资料。1986 年由叶永烈编著的《傅雷一家》在天津人民出版社出版,其中收录了叶永烈所写的有关傅雷及其家人遭遇的几篇报告文学,还收录了傅雷的好友及家人悼念傅雷的数篇文章,这成为最早系统讲述傅雷一家事迹的一本书。此后,叶永烈还陆续出版了《傅雷与傅聪》《铁骨傅雷》《傅雷画传》《解读傅雷一家》等著作,成为对傅雷及《傅雷家书》进行介绍和诠释的文本字数最多的作家。也正是在这些作品里,傅雷的形象、傅雷的精神得以呈现,勾勒出了一个有真挚的爱国主义情怀、有深厚的学养与才华、有非常高的艺术品位、刚烈、不屈服、桀骜不驯、有气节的知识分子形象。傅雷具有完美的知识分子的气节与操守,他的死成为动荡时代知识分子身受迫害的最有力的证据之一,同时这也成为体现知识分子抗争精神的最有力的证明。

傅雷事迹的叙述与傅雷形象的打造在 20 世纪 80 年代有着极其重要的思想价值与精神价值。在政治运动频繁的年代里,知识分子在连续不断的改造运动中,其独立人格几乎没有存在的空间,而傅雷的刚烈,傅雷之死,成为这种独立性在当代知识分子身上顽强存在的最重要的证明,所以树立傅雷形象在 80 年代表达的是一种重树当代知识分子形象的强烈诉求。也正因此,在悼念傅雷的文章里,傅雷的性格,傅雷的抗争被着重描绘,傅雷之死成为一种"士可杀,不可辱"的高尚节操的表现。高傲独立、坦荡磊落的傅雷,不向庸俗妥协,不向权势低头,以死捍卫中国知识分子高贵品性,而这些品性,正是 80 年代知识分子重新确立自我主体形象最需要的。

傅雷的死,为傅雷的刚烈与铁骨做了最明确的注解;傅聪的成就,成为傅雷教子有方的"铁证"。《傅雷家书》更成为承载傅雷风骨与精神,体现傅雷作为一名优秀父亲的风范的语录精华。抛开历史语境,《傅雷家书》的确很完美,但还原后的事实却有着诸多的伤痛与无奈。傅雷的艺术造诣,以及其在法国文学翻译方面所取得的成就是毋庸置疑的。作为一位颇有建树的当代知识分子,傅雷的政治遭遇、命运结局的确饱含浓郁的悲怆色彩,但不应因此将《傅雷家书》视为富有悲怆色彩的艺术品位与人文精神的结晶。相反,《傅雷家书》恰恰是一部交织着一位对儿子满怀愧疚之情的父亲和一位承受着巨大政治压力的知识分子种种难言的亲情隐痛与政治隐痛的作品。在《傅雷家书》那些堪称典范的教子言谈中,包含着许多言不由衷的成分,而对儿子傅聪由威权式的管教

到一厢情愿的说教,使得作为父亲的傅雷在父亲角色及教育方式上存在更多的缺憾。一部《傅雷家书》不仅承载着艺术、高雅、修养及赤子之心,同时也包含着反右、出走、审查等时代的杂音,并置其中,都是值得解读的"存在"。

6　当代右派小说中的同情叙事模式：张贤亮小说《绿化树》赏析

　　作为有着被划为右派并被下放劳动改造经历的张贤亮，其创作的右派文学无疑有着某种见证和记录历史的意义和价值。在 20 世纪 80 年代的文坛上，张贤亮的《绿化树》《男人的一半是女人》《灵与肉》《土牢情话》等小说不仅被看作表现当代知识分子政治劫难的力作，同时也被看作冲破人性书写禁区、大胆描写男女情爱的重要作品。不难看出，依托一个爱情故事来讲述右派知识分子的人生苦难，是张贤亮右派小说中较为常见的叙事模式。在这些作品中，女性角色不仅对展现男主人公的政治处境及命运遭际起着十分重要的作用，而且因其形象本身所包含的政治隐喻而具备了一种特殊的叙事功能。

6.1 张贤亮小说的"情色"书写与女性形象

1987 年 10 月，张贤亮应邀参加聂华苓夫妇主持的美国爱荷华大学国际写作中心成立二十周年的纪念活动。在活动的演讲中，张贤亮深有感触地讲道："评论家说，我给文学画廊中增添了一系列光辉的妇女形象，说我刻画妇女和表现爱情有独到的艺术手法。我听了这些暗自发笑，因为我在四十三岁以前根本无法谈恋爱。可以想象，劳改营里是没有女人可作为恋爱对象的。直到三十九岁，我还纯洁得和天使一样。""虽然我身边没有女人，但我可以幻想。正因为没有具体的女人，（所以我）更能够自由地幻想。在黎明鸡啼的时候，在结了霜的土炕上，在冷得和铁片似的被窝里，我可以任意地想象我身边有任何一种女人。她被我抚摸并抚摸我。1979 年我在政治上获得了平反，我又有了创作和发表作品的权利，于是我就把以前的幻想写了出来。"此言非虚，1957 年张贤亮被打成右派时仅 21 岁，不仅没有结婚，而且连真正意义上的恋爱也没有经历过。到 1979 年获得平反时，张贤亮已 43 岁。在这 20 多年的右派生涯里，张贤亮辗转于不同的劳改农场。右派加身，阻隔了他体会正常人生活的可能性，而在这期间，极其有限的几次异性接触经历成为他珍藏于内心挥之不去的记忆，甚至占据了他追忆的中心。

在 1999 年写下的长文《青春期》里，张贤亮着重记录了自己身为右派在改造期间的两场"艳遇"。这两次经历都发生在"文革"期间。其中一次是讲张贤亮从群专队里出来以被管制的右派分子身份分配到农场劳动。劳动期间，他虽然获得批准从农场回北京探望母亲，但母子刚刚见面不久便被"革命小将"驱赶回农场。在返程的火车上，终日滴水未进的张贤亮饥渴难熬，而周遭却都是对这位"反革命分子"充满敌意的目光。夜幕降临时，一位坐在对面的少妇在昏暗的灯光下悄悄地把一个面包从桌下递给了饥肠辘辘的张贤亮。我们有理由相信，这段经历正是后来《绿化树》中章永璘从马樱花那里所感受到的异性之爱的所有灵感和体验的来源。也正因此，张贤亮会在小说中对马樱花送给章永璘的那个热气腾腾的馒头上留下的手指印这一细节做精心的描绘。这也让我们明白，那样一个手指印为什么会在章永璘的内心激起如此大的波澜。张贤亮被划为右派期间的人生遭遇，也许正为作品中这一细节描写的来源做出了明确的注解。而在另一个故事中，张贤亮则讲述了自己当年在农场劳改期间，和一位农场

干部的妻子不成功的"偷情"经历。而就是在那"半次夫妻生活"的经历中,那个"滚烫的肉体"给他留下无法忘怀的记忆。我们也有理由相信,这段记忆后来在小说《男人的一半是女人》中得到了还原,那场不成功的"偷情"经历也在小说中得到了真切的描述。这所有的一切,无一例外地折射和记录了"主人公"悲凉的遭遇和处境。

在《一切从人的解放开始——谨以此文纪念改革开放三十年》一文中,张贤亮记录了在"文革"刚刚结束时自己的另外两段"女人缘"。一次是1976年11月,张贤亮在宁夏的农场灌溉农田时,救起的一位在桥上骑车落水的女孩子。张贤亮时年四十岁整,一个是"摘帽右派",一个出身贫农,是村干部家的千金小姐,刚刚年满十八岁。因为这次碰面,女孩子执意要嫁给张贤亮,但最终还是因成分所碍,被家庭所阻。虽然只是一晃而过,但毕竟也留在了张贤亮记忆深处,而这点记忆,在后来根据其小说《灵与肉》改编的电影中留下了印痕。在"文革"刚刚结束的1977年,张贤亮过上了真正的"婚姻生活"。这一年,四十一岁的张贤亮与在同一生产队、同被管制的"坏分子"同居了,不过同居的生活持续了不到一年,女方在1978年的大平反大甄别中率先获得平反,而他自己头上还戴着多顶帽子。女方很快被孪生兄弟接回了兰州老家,这段经历便告一段落。而这一切,我们相信在张贤亮的小说《绿化树》和《男人的一半是女人》中也有着深刻的折射。

有关女性、肉体、情爱的描写,在张贤亮的右派小说中占有相当大的比重。有人说,张贤亮的小说中对女性的描写带着一种强烈的男性中心主义色彩,也有人说张贤亮小说的这种情节结构是中国古典小说和戏剧中常见的"才子佳人"结构模式的翻版。不得不说,这些评价多多少少包含着误读的成分。对张贤亮而言,那些短暂、偶然的与异性接触的经历,在自己压抑而灰色的右派人生岁月中,是那样的弥足珍贵、刻骨铭心。正因如此,张贤亮小说中对女性的描写体现出的是一种珍惜、欣赏与敬重,是一种对曾经真正拯救自己于卑微无望之际的美与善的女性的崇敬之心。所以我们可以看到,在他的小说中,对异性及其身体的描写是"本色而本性"的,他写出的是一种纯粹的对异性肉体的欲望,没有炫耀,没有邪念,不是郁达夫笔下的那种面对女性肉体而产生的扭曲的欲望和挣扎,也不是贾平凹《废都》中那种面对女性肉体时的宣泄和放纵。在张贤亮这里,对女性身体的描写,表现出的是对异性最为真实也最为正

常的渴望。而且,细究之下,在张贤亮的作品中,他对有关男女情爱的描写在尺度上其实是十分节制与理性的,用"发乎情,止乎礼"来概括并不为过。在情爱描写的方法上,张贤亮小说常常表现为一种克制的讲述,而不是放开来的渲染。而从面对情色时人物的心理活动来看,他更多地写出了人在极端压抑的状态下,对异性"压抑"着的渴望与珍视。《绿化树》中仅仅写到了一个印在馒头上的手指纹,一次"冲动"下的拥抱;《土牢情话》中也只写了一个透过土牢的小窗口所看到的女性舞蹈的身姿;《男人的一半是女人》写了章永璘看到黄香久裸露的身体,但也只是远远的一瞥。张贤亮的小说因"情色"而闻名,但这闻名并非缘于文字描写的出格与露骨,而在于作家在情爱描写上的真诚与纯粹。张贤亮细笔描绘异性的肉体,既不是炫耀,也不是宣泄,而是表达一种对异性最为真诚的渴望,这种渴望既是情感荒芜年代里纯朴人性的坦诚表露,也是一个历经劫难的右派作家在回首往昔岁月时最纯粹的人性书写,最神圣的情感祭奠,以及最深切的人生体悟。

6.2 《绿化树》中"同情叙事"的政治隐喻

张贤亮右派小说中的女主人公常常对身为右

派的男主人公抱有极大的同情，如《绿化树》中的马樱花、《男人的一半是女人》中的黄香久、《土牢情话》中的乔安萍、《灵与肉》中的秀芝等。虽然这种同情可能会有政治上的风险，但她们还是毅然地将女性的关爱、异性的温存带给了身处劫难中的男主人公。她们对于右派身份的男主人公基于同情的爱恋，构成了小说中可称之为同情叙事的模式，而这种同情叙事模式不仅常见于张贤亮的作品中，在 20 世纪 80 年代其他右派作家的小说中也多有呈现，这也体现了彼时右派文学的叙事走向与特征。

《绿化树》是张贤亮的代表作，也是展现 80 年代右派文学同情叙事模式的典范之作。小说写的是从劳改农场释放出来到乡村参加监管劳动的右派分子章永璘所遭遇的一场爱情，他与乡村女子马樱花在物质匮乏、精神压抑岁月里的真情流露与温存，成为作品叙述的重心。可以说，在章永璘右派人生遭际中，马樱花这一角色无疑是至关重要的。她的出现，对章永璘而言，不仅是一段"艳遇"，更重要的是使章永璘在"低头认罪"的岁月里，获得了来自"劳动人民"的肯定与认同。小说中，章永璘是个读书人，还会写诗，马樱花与章永璘刚一接触便心生好感和同情，面对章永璘与海

喜喜两个男人,马樱花最终选择了章永璘,这直接体现了她对"文化人"的肯定和赞赏。知识、文化,这些正是当初章永璘右派帽子加身的"祸根"所在,而这一切,却在自己以"罪犯"的身份劳改时被马樱花所欣赏,这便使得马樱花对右派分子章永璘的爱,具有了某种政治意味。马樱花对右派分子章永璘的同情,不仅是情感上的,也不仅仅是对章永璘做人的尊严及男人意识的呼唤,最大的意义在于这种同情包含了对章永璘右派身份的同情,有着政治上的肯定意义。一个被视为反党反革命的右派分子,在女性的温情中,首先感受到的是重新得到人民认可和接纳的欣慰,而这欣慰使他真正获得了生的勇气与力量。在《绿化树》中,章永璘从马樱花那里获得的食物不仅使他虚弱的身体强壮了起来,更重要的是他被冤屈的内心得到了安慰与同情,这种同情可以看作对男主人公在政治上、品质上的一种支持和肯定。马樱花的劳动者身份,喻示了右派主人公在政治上不公平的处境得到了来自劳动人民的"同情"。也正因如此,在从马樱花这里得到"同情"与"认可"后,章永璘在内心里又重新获得了一种强大感,正如他在与海喜喜的较量中一举获胜一样。知识分子面对普通劳动者的心理优势在这一过程中一并被唤醒,右派章永璘不再是一味低头向人民认罪的人,而是有了一种傲视他人的资本与权力。对于章永璘而言,政治生命的意义远高于物质生活的意义,而这种意义的获得,正是源于马樱花的同情与关爱。

贯穿在《绿化树》中的另一条线索是章永璘与海喜喜之间的较量,这同样是充满了政治隐喻性的情节安排和角色设置。他们俩一个是改造中的右派分子,一个是普通劳动者。在最初出场时,赶车的海喜喜相比刚从劳改农场出来的右派分子章永璘无疑具有极大的政治身份上的优势,而小说在接下来的叙述中,正是讲述了这种"优势"的转换。作为接受劳动改造的右派分子,章永璘本来应该向海喜喜这样的劳动人民学习并接受教育的,但当章永璘从马樱花那里得到体力的补充并最终获得爱情时,两个人的角色关系开始转换。海喜喜在体力上的对抗败给了章永璘,在爱情上的角逐输给了章永璘,在文化知识上更是先天不足,最初的在政治身份上的优势也在马樱花感情的天平面前变得无足轻重,海喜喜成了一个彻底的失败者。《绿化树》中,章永璘与海喜喜及马樱花之间的关系,从表面上看似乎是一个"三角恋"的关系,两个男人爱着同一个女人,但实质上,这

是不同政治身份造成的"强势"与"弱势",而且会在一定条件下发生转换。被马樱花的同情与爱激活了的右派分子章永璘对自己政治身份的自信,最终使他面对海喜喜时成了彻底的胜利者。所以说,《绿化树》本质上不是一部爱情小说,而是一部具有丰富的隐喻性内涵的政治小说。马樱花作为一名普通的乡村妇女、一位普通的劳动者,她在章永璘政治上遭受批判、头顶着反党反革命分子帽子的时候,给予他的关爱与同情,本身就包含着一种政治平反的意味。对章永璘这样的右派分子而言,来自"官方"的平反到 1978 年以后才成为可能,但《绿化树》要表达的是,这种"平反",在章永璘他们被迫进行劳动改造的时候就已经发生了,而这"平反"正是从一个女性施予的同情与爱中获得。这也正是马樱花这一角色在作品中最为重要的意义所在。

6.3　从"罪人"到"好人"的叙述路径与策略

对于 20 世纪 80 年代的右派文学而言,选择以爱情故事为依托的同情叙事模式而展开叙述具有一定的普遍性。不仅是张贤亮,在其他右派作家所创作的右派文学中,也能看到这种同情叙事模式。在古华的小说《芙蓉镇》里,右派分子秦书

田与摆豆腐摊的女子胡玉音之间的爱情故事，是
这部小说最为感人的部分。胡玉音对秦书田的
"以身相许"，同样有着一种仪式感。女主人公的
感情归依，具有了辨别忠奸、善恶、好坏、是非的意
味，而秦书田的右派身份，以及因此遭遇的"不幸"
正是在这种极具仪式感的叙述中收获了同情。此
外，在从维熙80年代创作的右派小说中，这种同
情叙事模式与张贤亮的小说更是"不约而同"。在
从维熙的"逃犯"系列中篇小说《风泪眼》《阴阳界》
《断肠草》中，作者以从劳改农场出逃的右派分子
索泓一为主人公，讲述了三段逃亡路上带有传奇
色彩的经历，而这三段经历也可以说是索泓一的
三段爱情故事。小说《风泪眼》与张贤亮的《绿化
树》有几分相似，被关劳改队的右派分子索泓一的
遭遇和处境赢得了劳改干部郑昆山的妻子李翠翠
的同情，索泓一的正直、善良使得李翠翠爱上了这
个劳改犯，最终在李翠翠的帮助和启发下，索泓一
离开了劳改队，踏上了逃亡之路。小说《阴阳谷》
讲述的是索泓一在逃亡的路上与藏身于深山中的
黑五类家庭出身的女子蔡桂凤之间"同是天涯沦
落人"的互相怜悯，以及由此而生的无望和难耐的
真情付出的故事。而"逃犯"系列中篇小说的第三
部《断肠草》，则讲述了乡村女子石草儿对逃犯索

泓一的大胆掩护和接济的故事。张贤亮与从维熙都有被划为右派及长期在劳改农场劳动改造的经历，他们平反复出后创作的右派文学不约而同地选择了同情叙事模式，这恐怕不仅仅是巧合，还有其内在的必然性。

同情叙事模式的普遍存在，在某种程度上体现了 20 世纪 80 年代右派文学叙事的策略性。对于刚刚获得平反的右派作家而言，如何书写和讲述自己不公正的历史遭遇，需要进行谨慎的斟酌。张贤亮因《大风歌》招致批判，而平反后如果一味地对《大风歌》在政治上进行"拨乱反正"，恐怕真就有了几分"翻旧账"的意味。1981 年电影《苦恋》所招致的批判，显示了在当时的政治和文化氛围下，右派文学叙事维度的有限性。所以 80 年代右派文学同情叙事模式的形成从某种层面上来说恰恰体现了当代右派文学在叙事资源上的局限性，当然，这种局限性有着深刻的现实原因。显而易见，右派作家将对反右运动及右派分子不幸人生经历的叙述用爱情故事叙事模式表现出来，无疑可使这种叙述获得政治上的安全性。在依托爱情故事的同情叙事中，曾经的那种不公平遭遇不仅具有了震动人心的情感力量，还将这种政治上的控诉，转化为一种具有人道主义意味的苦难叙事,于悲情中显现人性的光芒和力量,从而回避了在政治话语层面上的"短兵相接"。

正因如此,在 20 世纪 80 年代的右派小说中,作家多借助女性的认同来使笔下的右派分子获得道义上的同情,而在这种充满同情的叙述中,将右派分子由一个"罪人"还原成一个"好人"。所以,在这类同情叙事的右派小说中,特别注重通过女主人公来对右派身份的男主人公进行重新指认,"你是好人"常常是这种指认的终极指向。在《灵与肉》中,张贤亮描述了安心与右派分子许灵均过日子的四川姑娘李秀芝的心态:"什么右派不右派,这个概念根本没有进入她小小的脑袋。她只知道他是个好人,老实人,这就够了。"在《绿化树》中,马樱花对章永璘的爱,则直接与对读书人的尊重、对知识的敬重联系起来。"她从没有问过我看的是本什么书,为什么要念书,也没有跟我说那天晚上从我手臂中挣脱出来时,劝我'好好地念你的书吧'的道理。她似乎只觉得念书是好事,是男人应该做的事,是一种高尚的行为。"在小说《土牢情话》里,看管犯人的女战士乔安萍爱上了被关押的右派分子石在,并且毫不怀疑地信赖他,对他有求必应。而让乔安萍做出这样选择的前提,是她认定右派分子石在是一个好人。"现在我看清了,谁

是好人,谁是坏人。"而小说中所述的管理干部武装连的连长刘俊和班长王富海对单纯善良的乔安萍的欺诈与污辱,则无疑是对"谁是坏人"做出的应答。在这里,谁是"好人",谁是"坏人"不仅包含着道德评判的成分,它同时还是一种历史判断,右派小说正是借助这样的方式完成了对历史荒谬性的叙述与反思。好坏、忠奸是同情叙事模式下的右派小说中女主人公对"身边人"做出的最质朴的判断,其中包含着20世纪80年代右派作家历史叙事的语义指向,即通过这种二元化的是非判断,完成了"文革"后新时期文学对"拨乱反正"这一宏大的时代使命与主题的呼应与书写。显然,在同情叙事模式下的右派小说中,女性角色有着丰富的象征性的内涵。对右派作家而言,20世纪80年代是一个倾诉和疗伤的过程,蒙受二十多年的冤屈终获平反,他们有一种重回人民"怀抱"的感慨与感动。所以,小说中女主人公的善良、宽容和温情,在某种程度上是平反后的右派作家对国家、人民、历史心存感恩的心理情绪的外化。正如作品中女主人公给予右派男主人公的同情与关爱,右派作家最终在政治上获得了新生,收获了同样的感触。所以,同情叙事本身包含着感恩的成分,不论这种感恩指向的是国家还是人民,都潜在地包含和折射出了刚刚回归文坛的右派作家们彼时的心态。

同情叙事模式对 20 世纪 80 年代的右派文学而言既是彼时人道主义思潮兴起的结果，也有着政治安全性的策略性选择，这同时也从一个层面折射了 80 年代右派文学写作向度的有限性。在这种同情叙事模式中，既包含着对美好人性、人情的肯定与呼唤，也有着对人性之恶的痛斥与批判，而这种将历史反思导向人性善恶辨析的书写方式，与 80 年代的文学主题相契合，同时也构成了对"极左"时代进行政治反思的主流书写方式。值得注意的是，进入 90 年代，右派文学开始走出爱情故事的叙事模式，如从维熙的《走向混沌三部曲》、张贤亮的《我的菩提树》、杨显惠的《夹边沟记事》、邵燕祥的《沉船》、流沙河的《锯齿啮痕录》等。这些作品多以纪实的方式，通过亲历者的个人追忆来记录和还原历史，在这些文本的叙述中，爱情退场，传奇消失，从而显示出了与 80 年代右派文学不同的叙事指向。

7 人性恶的逼视与苦难人生的品味：余华小说赏析

余华，1960 年出生于浙江杭州，主要作品有短篇小说《死亡叙述》《西北风呼啸的中午》《爱情故事》《往事与刑罚》《鲜血梅花》《我没有自己的名字》，中篇小说《四月三日事件》《一九八六年》《河边的错误》《此文献给少女杨柳》《一个地主的死》《现实一种》《世事如烟》《难逃劫数》《古典爱情》和长篇小说《在细雨中呼喊》《活着》《许三观卖血记》《兄弟》《第七天》等。余华 1987 年出现在文坛时，正是现代主义小说创作极为活跃的时期。余华的小说具有明显的先锋试验性，他所选择的不是传统现实主义小说的创作方法与审美原则，而是沿着 20 世纪 80 年代中期以来由马原、洪峰、残雪、莫言等人开创的现代派的路子进行创作。余华的小说在叙事策略上相对于传统小说而言有着明显的反叛性与颠覆性，他以极其个人化与个性化的写作经验,展现了文学对生活、文学对人生、文学对世界等多重解读的可能性。余华在小说叙事技巧与审美方式上的大胆突破与创新,可以说是新时期以来作家不断探索的一个结果。所以,我们在对余华小说的艺术创新进行研究之前,有必要将新时期以来与其相关的种种创作现象,做一个纵向的考察,这样我们才能从历史的角度、从文学发展流程的角度更准确地把握和认识余华小说的艺术成就。

7.1 认知经验的颠覆与叙事的革新

余华的小说是极具先锋意义的,他在小说的叙事模式上进行了大胆的变革,颠覆了传统小说对生活的认知方式。他以极其个人化的写作,开拓出了一个新的艺术审美世界。余华小说的先锋意义,首先表现在他的作品传达出的一种新的文学审美观念。在余华看来,文学作品的意义不在于反映客观存在的现实,因为现实是不可靠的,作家的责任在于通过自己的艺术想象,动摇人们对存在世界的经验性感知,从而使人们摆脱对世界的常识性认识。在这样一种文学观念的指引下,余华进入自己那个充分自由的艺术想象空间,从而呈现给我们的是一个充满迷幻、梦呓与种种不确定因素的神秘世界。

余华对日常生活经验的颠覆,首先是从时间这一概念入手的。时间是人们观照自身存在,区别过去、现在与将来的一个重要准则。传统小说在叙事上十分重视按照时间的流程来安排情节,"开端—发展—高潮—结束"成为一种十分稳定的叙事模式。余华的小说彻底打破了对按时间线性发展的依赖,而是以对时间的任意切割、组合来打造一种梦幻般的叙事效果。时间被作家人为地打乱了,它所带来的并不是一种叙事的混乱,而是引发我们对记忆的怀疑,对事件发生的不确定性的恐慌,由此形成了余华小说在情节的展开上扑朔迷离、神秘莫测的效果。

余华对传统小说时间概念的颠覆使他找到了一个可以自由讲述事件发展的叙事空间。在他的小说中,不同时态发生的事件不再具有时间存在上的独立意义,常常表现为彼此之间的任意转换。中篇小说《偶然事件》讲述了先后发生在"峡谷"咖啡馆的两起杀人案件:第一件虚写,只有结果(咖啡馆里杀人场面的一瞬间)而无前因与过程的交代;第二件实写,一步步地讲述了由婚外情引发的杀人案件的发生过程。两个看似毫无关联的事件在作家的讲述中有了某种内在的联系。素不相识的陈河与江飘无意间目睹了咖啡馆凶杀案的过程。陈河偶然间发现江飘与自己的妻子私通，便秘密地以通信的方式与江飘探讨这起杀人案，最终同样的情景又一次在咖啡馆发生了。这样，小说中的前一个事件成为后一个事件结局的暗示，由此便有了未发生的事件却早已在现实中存在的现象。余华对现在意义的这种哲学化理解，使他的作品充满一种宿命、神秘的色彩，也许正因如此，在余华的作品中常常会出现一个未卜先知的人物，这个人物常常能对他人的命运及事件的发展做出准确而神秘的预测。如《世事如烟》中的算命先生、《难逃劫数》中的老中医等，他们的存在为余华注释现实的丰富内涵提供了可能，也使其小说在情节的发展上变得更为扑朔迷离。

余华的小说在叙事风格上是独具个人特色的。与传统现实主义作品不同的是，余华为我们呈现的是一个被情绪化、个性化了的亦真亦幻的艺术世界。余华不再试图用文学作品去反映我们经验世界中的现实生活面貌，而是努力用自己的作品去颠覆我们的经验认知，用艺术的虚构来展现生活的另一种真实，这种创作观念使余华的作品常常笼罩着一层迷幻的色彩。余华的小说注重氛围的营造，他的许多作品都在一开始便将读者带入一个悠远、阴冷的世界中。

　　那天早晨和别的早晨没有两样,那天早晨正下着小雨。因为这雨断断续续下了一个多星期,所以山岗和山峰兄弟俩的印象中,晴天十分遥远,仿佛远在他们的童年里。(《现实一种》)

　　窗外滴着春天最初的眼泪,7卧床不起已经几日了。他是在儿子五岁生日时病倒的,起先尚能走着去看中医,此后就只能由妻子搀扶,再此后便终日卧床。眼看着7一天比一天憔悴下去,作为妻子的心中出现了一张像白纸一样的脸和五根像白色粉笔一样的手指。(《世事如烟》)

　　作品开篇创造的阴冷气氛笼罩着整部作品的人物及事件,余华在虚构的场景中勾勒出了自己内心深处的真实世界,从而将个人化的感觉上升到对人生存状态的寓言性阐释的层面。

　　余华为了更为纯粹地展现自己的虚构世界,他选择了一种十分冷漠、客观的叙事态度。余华常常以一种冷眼旁观的方式来讲述笔下人物的命运,展示世事的险恶与残酷。这种冷漠的叙事文风,能使人看到人生更为纯粹的一面。所以在《活着》中,他让福贵平静地讲述自己的一生,平静地讲述一个个亲人的死。在《许三观卖血记》中，他津津有味地讲述了许三观卖血讨活的人生。正是这种冷漠，使余华在他的作品中能够不动声色地讲述种种令人发指的暴力行为，并将其以不带主观色彩的原样暴露在人们面前。在《现实一种》中，山峰的侄子皮皮杀死了山峰的儿子，山峰怀着仇恨的心理让皮皮去舔儿子流在地上的血：

> 皮皮趴在那里，望着这摊在阳光下亮晶晶的血，使他想起某一种鲜艳的果浆。他伸出舌头试探地舔了一下，于是一种崭新的滋味油然而生。接下去他就放心去舔了，他感到水泥上的血很粗糙，不一会舌头发麻了，随后舌尖上出现了几丝流动的血，这血使他觉得更可口，但他不知道那是他自己的血。
>
> 山岗这时看到弟媳伤痕累累地出现了，她嘴里叫着"咬死你"扑向了皮皮。与此同时山峰飞起一脚踢进了皮皮的胯里。皮皮的身体腾空而起，随即脑袋朝下撞在了水泥地上，发出一声沉重的声响。他看到儿子挣扎了几下后就舒展四肢瘫痪似的不再动了。

余华的冷静叙述,使故事的残忍性充分地体现了出来,取得了一种心惊肉跳的阅读效果。冷漠使余华最大可能地贴近了生存的本真,也最大可能地展现出了生活的本真。在冷静的谛视中,余华将暴力、残忍、死亡更为真实地展现了出来。

余华在故事情节的讲述上及在叙事的方法上还重视游戏性,这种游戏性在他作品中最为突出的表现便是重复讲述。一个故事或一段情节,常常在余华的作品中反复出现,这种大胆的、有悖常理的叙述方式,在余华的作品中却呈现出一种独特的魅力。重复讲述最有代表性的作品便是长篇小说《许三观卖血记》,许三观每一次卖血,余华都不厌其烦地讲卖血前的喝水,卖血之后的"一盘炒猪肝,二两黄酒"。在看似毫无新意的反复讲述中,人们窥见了许三观几十年艰辛度日的生活史。岁月在流逝,时代在更迭,而许三观的苦难却是一成不变的。最见神来之笔的是 20 世纪 60 年代的严重困难时期,许三观在家里给三个儿子大乐、二乐、三乐吃精神餐,三个儿子都想吃红烧肉,许三观便一个一个地给他们讲怎样做、怎样吃,不断地重复这完全相同的过程。在这里,重复的讲述并不使人生厌,反而让人更真切地感受到了许三观生活的辛酸。这种叙事特点其实在余华早期的作品中便有所体现。在中篇小说《此文献给少女杨柳》中,关于国民党部队撤离时在小城烟埋下十枚炸弹的故事与少女杨柳丧生车祸后角膜被移植给外乡人的故事,被作者反复讲述。在重复的叙述中,故事并没有清晰起来,而是越来越模糊,越来越神秘莫测,由此获得了一种扑朔迷离的叙事效果。

7.2 "残忍叙事"背后的人本主义

余华笔下的世界是阴冷的,他的作品充满了暴力、凶杀、死亡与血腥,对人性恶的一面的冷漠审视是余华多数作品表现的一个重要内容。余华有意去掉人类文明的装饰,赤裸裸地展现人在本能欲望的支配下,释放残忍的本性。余华的小说与香港电影导演杜琪峰导演的影片有着某种一致之处——都体现出一种冷静、克制、内敛的叙事风格。

1987 年余华在其第一篇小说《十八岁出门远行》中便表现出了这种写作倾向。小说以第一人称展开叙述。"我"是一个刚满十八岁的少年,带着第一次出门远行的兴奋,带着长大了的骄傲,带着对外面的世界的无限憧憬,踏上了伸向远方的路途,但展现在这位十八岁少年面前的却是一个

充满了阴谋、掠夺与暴力的世界。"我"在路上搭了一辆装着苹果的汽车，一路上，这辆车遭到了几拨人的轮番抢劫，少年奋力地抗争着，汽车司机却在一旁欣赏，最后司机随抢劫者一同离去，带走了少年的红色背包。在这里，余华通过少年的眼睛，完成了一次对这个世界的审视，深刻地写出了现实生活中野蛮、暴力的一面。作品令我们震惊的不仅是这现实世界的险恶，更在于善恶观念的完全颠倒。在这场疯狂的抢劫中，被审视的对象不是那一拨拨的匪徒，也不是冷眼旁观的汽车司机，而是这位"不谙世事"的十八岁少年。在他人的眼中，少年的行为是无知的，以至于被劫的司机看到他上前阻拦抢劫时，不由得哈哈大笑起来。而抢劫者却是那样轻车熟路、理直气壮地掠夺着物品。代表着正义与善良的一方成了被嘲笑的对象，这是我们这个时代的悲哀。余华以他冷峻而深刻的笔，毫不留情地展现了在物欲横流的时代，人的道德的沦丧与社会价值观的彻底颠倒。

余华对现实世界始终怀着一种警惕的心理，在他看来，人生活的世界是没有丝毫安全保障的，充满了阴谋、险恶与欲望。在余华笔下，一个阴雨霏霏的南方小城，泥泞、潮湿的石板路，昏暗的灯光，厚厚的窗帘后窥视的眼睛，是余华小说中典型的生活场景。中篇小说《此文献给少女杨柳》看似讲述了一个有关当年国民党部队撤离时在小城烟埋下了十颗炸弹的故事,实则是对危机四伏的现实生存环境的隐喻。"炸弹"暗示着危险,无法确定的炸弹埋藏点,表明了这种危险是难以预料的。看似平和的生存环境,实则处处潜藏着致命的危机,余华由此表达了自己对人类现实生存境况的担忧。小说《河边的错误》叙述了一起发生在河边的连环凶杀案。住在老邮政弄的么四婆婆在河边被杀害,身首异处,结果发现凶手是一个精神失常的疯子,法律条文对他无可奈何。于是疯子被送进了精神病院,但小镇却无法负担疯子的住院费,疯子又回来了,于是又一起凶案发生了。疯子的出现引起了人们极度的恐慌,一句谣言便令全镇人坐卧不安,社会秩序面临崩溃,刑警队长马哲不顾触犯法律开枪杀死了这位法律无法惩罚的凶手。小说的意旨在于引起人们对社会秩序的重新审视,法律的建立在于制止罪恶的发生,保障人们的安全,但这并不是牢不可破的,随时都有意外在打破这种秩序,而人们的生存环境同样也时时面临着这样的威胁。同样在小说《四月三日事件》中,作家透过一个患有迫害狂之类病症的"他"来审视这个世界及周围的生活,平常的生活便有了

一种特殊的意义。小说中的"他"在十八岁生日这天突然感觉到一个阴谋在向自己逼近，父母、同学、街上的行人、商店的售货员似乎在共同设置一个陷阱，意欲置自己于死地。父母的一次交谈中提到了四月三日，在他听来便是实施阴谋的日子，于是在这一日即将来临的时刻，他逃走了。如果我们单纯地把这篇小说看作对一个精神病患者的心理和行为的描写，那它将是一篇毫无现实意义的作品。如果我们用鲁迅《狂人日记》中的"狂人"来对照小说中的"他"，又显然缺乏深刻的时代意义与文学意义。而作品的意义则在于通过"他"病态的眼光，发现了平静的生活背面所存在的种种可能的危机。在病态中，"他"的心理未尝不是社会中普遍存在的一种心理。在生活中，人们都有一种窥视他人的欲望，每个人也总是怀疑自己在被他人审视。人们总是十分在意自己在他人眼中的形象，于是无端地认为自己总是被打量的对象。敏感的人总会感到自己在被他人关注、议论，于是在细枝末节中揣测他人对自己的态度。这正是人与人之间产生隔膜、警惕、回避、伪饰的一种心理现象。余华正是通过"他"的心理，让我们认识这个世界上另一种存在的可能。同时，以一位患有迫害狂之类病症的病人的视角去观照这个世界，在看似平静的生活背后,会发现到处都存在危险;在种种看似偶然的事件背后,有某种阴谋的联系。平淡无奇的生活被余华描述得惊心动魄,这既是余华小说的独特魅力,又体现了余华对生活的独特认知。

余华小说最为引人注目之处是他对人性丑恶一面的审视与展现。在新时期以来的文学创作中,作家们有意识地加大了在人性方面的开掘力度,其中对人类灵魂阴暗面的揭露,被许多作家所热衷。在 20 世纪 70 年代以来的文坛上,残雪是十分突出的一位。她的作品《山上的小屋》《苍老的浮云》《黄泥街》《阿梅在一个太阳天里的愁思》等,展示了在特定的社会文化环境中人性的卑陋、丑恶。残雪的创作略早于余华,在作品整体氛围的营造上,在对人性丑陋的审视上,在对人类生存世界的理解上,两位作家有许多相通之处。人性本身的缺陷,以及人的欲望无止境的膨胀,是这个世界充满罪恶现象的本源,有评论者将这种揭示丑恶、罪恶、缺陷等的创作现象称为文学创作中的"审丑"意识。

中篇小说《现实一种》是余华展现人性残忍一面的代表作。山岗与山峰是兄弟俩,山岗的儿子皮皮不慎摔死了山峰的儿子,由此双方展开了一

场仇杀。小说引人注目之处除了余华极为冷漠的叙述风格外,便是渗透在这一场仇杀中的人的本性的冷酷与凶残。人的自私与野蛮的攻击性是产生这一系列杀人行为的心理基础。这是一个缺失向善人性的家庭,祖母只是想着自己如何活下去,因而无视他人的生死,甚至对死在自己眼前的孙儿视而不见。弟弟山峰的儿子死了,但这丝毫没有打乱生活在同一屋檐下的哥哥山岗一家的生活节奏。正是在这样的环境下,四岁的皮皮便有了一种暴力的欲望与倾向。当他看到躺在摇篮里的堂弟时,便不由自主地拧哭了他。

　　这哭声使他感到莫名的喜悦,他朝堂弟惊喜地看了一会,随后对准堂弟的脸打去了一个耳光。他看到父亲经常这样揍母亲。挨了一记耳光后堂弟突然窒息了起来,嘴巴无声地张了好一会,接着一种像是暴风将玻璃窗打开似的声音冲击而出。这声音嘹亮悦耳,使孩子异常激动。然而不久之后这哭声便跌落下去,因此他又给了他一个耳光。

　　余华显然无意表现儿童的懵懂无知,而是让

人真切地感受到人类野蛮天性的存在，以及这种天性会代代相传的事实。正是在这种心理的支配下，暴力冲突一经发生便不可遏制。于是山峰拒不接受哥哥山岗的赔偿，一脚踢死了侄子皮皮。山岗在冷漠地看完了弟弟山峰的报复行为后，以更为残忍的方式，让山峰狂笑而死。在这一系列仇杀行为中，每个人都处于一种无理性的状态，只是想着置对方于死地，而无丝毫的宽容与忍让之心。在实施复仇行动的过程中，他们也一步步走向麻木与疯狂，直至人性彻底丧失。余华以他深刻而冷静的笔向人们展示理性丧失后，邪恶人性的狰狞面目，从而警告人们，不要放任自己的本能欲望，人要从邪恶产生的最细微之处加以警惕。

余华对暴力的关注与痴迷来自他对人性本身的怀疑。余华坚信人性本恶，人在原始欲望的支配下，不可避免地会暴露出残忍的本性。社会规范、道德法则只是强加于人的外在束缚，而人一旦陷入非理性的状态，这一切都会显得不堪一击，罪恶便由此产生了。小说《难逃劫数》中，东山与露珠在性欲的冲动下结合，最终又在这种冲动的支配下互相残杀。广佛在东山的婚礼上无法忍受情欲的煎熬与彩蝶在屋外野合，在性欲宣泄之后将在一旁窥看的小男孩残暴地虐杀而死。森

林受到沙子用剪刀铰女人辫子的启发,在街上用小刀去割女人的衣裤。作品中的每一个人都处在一种原始欲望的冲动之中,当这种欲望不可遏制地释放出来后,人也一步步走向了难以逃避的劫数——死亡。

余华以自己冷峻的目光审视着这世界野蛮、残忍的一面,他对人性之恶的解剖是不带丝毫伪饰的。他的作品充满暴力、凶杀与血腥,但并不是要满足人们阅读中的感观刺激,而是把它当作一面镜子,让人们以此观照自己的本性,正视自己的灵魂。余华用自己的作品提醒人们要警惕人的原始欲望与冲动,任何不加克制的行为,都会打破我们看似平和的生存秩序。在这个意义上,余华的创作是超越现实的,他的作品更具有一种人本主义的精神。他的创作是指向人类生存之实的,他以自己锐利的目光,直视人类的痛处,以此来实现一位作家对人类灵魂的拯救。

7.3 形而下的关注与述史的温度

迄今为止,余华发表的长篇小说共有五部,即《在细雨中呼喊》《活着》《许三观卖血记》《兄弟》《第七天》。数量不多,但每部作品都有着十分厚重的分量。2000 年 9 月,上海作协等组织了"百名评论家评选 90 年代优秀作家作品"的活动,在所评出的 20 世纪 90 年代十部最有影响的作品中,余华的《活着》与《许三观卖血记》榜上有名。与其短篇小说相比,一个十分明显的现象是,余华的长篇小说在内容上由对人性之恶的审视转向了对人生存苦难的现实观照。

《在细雨中呼喊》是一部关于成长的作品。虽然我们无法以此来了解余华童年时代的生活,但这部作品包含了作家十分真切的童年生活记忆及成长体验。这种成长体验的叙述,在王朔的长篇小说《看上去很美》中也可以看到,但二者有着很大的不同。除了生活环境的不同,王朔是在展现童年时期儿童的游戏心理,而余华则是以此来审视人的苦难生存与艰难成长。作品中的"我"——孙光林于 1958 年出生在一个叫南门的村庄,因家境贫困,曾被人领养过五年,十二岁时因养父王立强的死又回到了南门的原生家庭。这种经历使他与这个家庭产生了难以消除的隔膜,也使他能始终以一个"局外人"的眼光来观察这个家庭。作品让我们感到沉重的是这个家庭对于贫穷那无可奈何的悲哀,以及由此而生的毫无亲情温暖的冷酷。弟弟孙光明为救同伴溺水而死,父亲孙广才表现出了十分高尚的姿态,拒绝了被救者家庭的补偿,

而他内心里却幻想着能因此成就一个英雄的家庭，从而得到一个进城当工人的奖赏。贫穷扭曲了人正常的感情纽带，亲人的死成为换取现实利益的砝码。当祖父孙有元奄奄一息之时，父亲孙广才却为他还不快点咽气而破口大骂。人正常的亲情意识在贫困的重压下荡然无存，留下的只有极端的自私与冷酷，而余华正是在世态炎凉处，刻画苦难给予人的悲哀。

与《在细雨中呼喊》相比，小说《许三观卖血记》将这种苦难表现得更为纯粹。作家通过许三观为了生存而一次次卖血的经历，将维系人生命的"血"与挣扎着生存的苦难人生直接联系了起来。一部《许三观卖血记》，就是一部许三观人生的苦难史，同时也是中华人民共和国成立后普通民众生活的辛酸史。许三观是城里纱厂的送茧工，二十一岁的时候回乡探望爷爷，结识了卖血的阿方、根龙，于是便有了第一次卖血的经历，也熟悉了卖血的"程序"：卖血前先喝八碗水，据说可以把血稀释，卖血后便到饭馆敲着桌子要一盘炒猪肝，二两黄酒。因为猪肝是补血的，黄酒是活血的。卖两碗血可以换取三十五元钱。许三观一生的卖血经历，浸染着他一生艰辛难耐的生活。第一次卖血是为了筹钱娶个媳妇。第二次卖血是因为大儿子一乐打破了方铁匠儿子的头，许三观通过卖血保全了全家的财产。1960年为了让全家吃上一顿饭，许三观又一次来到医院。"文革"时为了招待二儿子二乐下乡时所在生产队的队长，年近五十的许三观再度卖血。许三观卖血的高潮是因下乡插队的大儿子一乐得了肝炎，为了救儿子的命，许三观沿路卖血，赶往上海的医院。许三观每一次卖血，都与他艰难的生活相联系。他越来越频繁地卖血，也正是他越来越艰难的生活的真实写照。余华以卖血来折射那个时代普通人生存的惨痛景况，制造了一种令人触目惊心的效果。所谓辛酸生活的血泪史，在许三观的身上得到了最为直观的阐释。血与生命紧密相连，卖血求生显示了生命的廉价与生存的艰辛。在艰难的生活景况下，许三观为了养活一家五口，除了卖血别无选择。因为他除了可以用身上的血来换取活命的钱外，其余一无所有。余华用他沉重而犀利的笔，为我们形象地展现了中华人民共和国成立后底层人民曲折艰辛的生活史。

长篇小说《活着》是余华的代表作，也是20世纪90年代长篇小说中的经典作品之一。小说以平实冷静的笔调，讲述了主人公福贵一生的遭遇。福贵原是一个家有良田百亩的地主家的少爷，仰

仗着父辈留下的财富,每天出入赌场妓院,过着花天酒地的生活,甚至天真地想着要靠赌博来光大家族的产业,但最终在赌场上被龙二骗了个两手空空,家中的产业一夜间荡然无存。父亲在悲愤无奈中死去,福贵也由一位荣华富贵一时的少爷,沦为一个靠着租来的田地过活的农民。失去了财富的福贵,在艰辛的生活中,体会到了亲情的可贵,母亲与妻子家珍陪伴他过着穷困但平静的生活。在此之后,福贵经历了一个又一个亲人的死亡。解放战争时期,福贵因到城中给病危的母亲买药,被国民党的一支部队抓去充了军,稀里糊涂地随军溃逃,又稀里糊涂地做了俘虏,最后当他千里迢迢地赶回家中时,母亲已经作古。家中只有妻子家珍、因病聋哑的女儿凤霞和自己离家后出生的儿子有庆。中华人民共和国成立后,在赌场上赢得福贵家田产的龙二以恶霸地主的罪名被枪决,目睹了这一幕的福贵更是悟透了富贵于人的意味,平静地过着贫困的生活。家中第一个死去的成员是儿子有庆,有庆上小学时,因给病中的县长夫人输血而死。功利的大夫只想着去救县长夫人的命,导致有庆因过量失血而死亡。第二个离去的是凤霞,她善良、懂事又漂亮,只因小的时候发高烧无药可医而成了一个聋哑人。"文革"时期,凤霞嫁给了一个在城里当装卸工的偏头二喜,二喜憨厚老实、心地善良,夫妻俩和和睦睦,日子过得清苦而幸福。不想好景不长,凤霞生产时因大出血死在了医院,留下了一个孩子——苦根。凤霞死后不久,与自己相伴了几十年的妻子家珍也在一连串亲人离去的打击下死去了。偏头女婿二喜带着苦根艰辛地生活着,不料却在一次工地事故中被掉下来的楼板压死。"文革"结束了,福贵分到了一亩半地,与五岁的外孙苦根一起种地生活。两年后,七岁的苦根在生病时因吃多了煮豆子被活活撑死了。最后,只留下一头将死的老牛陪着年老的福贵打发生命余下的时光。福贵在无欲无求的日子里,平平淡淡地活着,细细地回味着一生的时光。

小说《活着》包含的人生意蕴是多方面的。余华以福贵近半个世纪的生活经历,展现了中华人民共和国从成立前夕到新时期的社会生活进程。作家站在民间的立场上,表达了对底层平民生活的深切关怀。余华通过对福贵一生遭遇的讲述,以一个平民的视角,揭示了解放战争以来一系列重大事件在平民生活中的投影。解放战争时期兵荒马乱的社会状况,国民党军事力量的全面瓦解,中华人民共和国成立初期的"三反五反",1958年

的"大跃进",20 世纪 60 年代初期的严重困难,十年"文革"的浩劫,新时期之初的包产到户,等等,这些给中国当代社会带来重大影响的历史事件在余华的笔下不再是生硬的历史资料记载,而是极为具体、可感可触地贯穿了福贵坎坷的一生。可以说余华从一个平民的视角,审视了中国近五十年的生活变迁史,真切地记录下了中国农民在这一历史时期的生存状况。这是一份来自民间的中国当代生活记忆,它包含着更加鲜活的历史生活内容。《活着》也体现了作家对人的生存意义的思考。福贵曾经拥有万贯家财,体验过挥金如土的生活,在金钱财富的刺激下,他放纵自己的种种欲望,丝毫领悟不到生活中来自亲人的关爱与挂念,过着行尸走肉般的生活。可以说,此时的福贵过得十分富裕,但另一方面他又穷得可怜,因为他舍弃了人世间宝贵的亲情。当福贵在赌场上将家业挥霍一空后,他在艰辛的生活中感受到了来自亲情的温暖,生活虽然贫寒而凄苦,可是亲人之间的那份挚爱与真情却是任何东西也换不来的。小说中,福贵一家在贫苦无望的情况下将凤霞送给了城里的一户人家,但当凤霞深夜回来探望家人时,福贵再也舍不得让女儿离开这个家了,他对妻子家珍说:"就是全家都饿死,也不送凤霞回去。"作家在平实的叙述中,展现了人间至情的可贵。在人世间,财富、名利对于人的确只是身外之物,唯有亲情才是最宝贵的。龙二赢得了福贵的财富,却因此丢掉了性命。一起当兵的春生没有与福贵一样选择回家,而是留在了部队里,解放后还当了县长,但在"文革"中却被迫害致死。生活是最好的教科书,它引导我们理解了生活的本真含义。人有无穷地索取很多东西的欲望,其中财富与权力是这个世界上最诱人的两种事物,财富的拥有量甚至成为评判人是否幸福的一个重要参照系数。福贵曾拥有过富甲一方的财富与显贵的身份,然而当他失去了这一切之后,我们才觉得他真正开始了生活,因为他拥有了宝贵的亲情。当亲情一一从他身边离开后,福贵只剩下活着了,一种从形而下上升为形而上的纯粹意义上的活着,正是在这个由具象到抽象的演绎过程中,我们读出了活着的全部含义,也许这正是余华在《活着》中想要表达的真正内涵。

余华以对苦难人生的冷静叙述,表达了对现实生活的真切关怀。与当代作家相比,余华在观照历史与现实、丑恶人性与苦难生活时,始终保持着一种超然旁观的态度,而无激越、悲悯之情。也正因如此,他在直面人生与现实时,体现出了最大

限度的真诚与勇气。余华在冷静地审视人性之恶、超然地观照人生苦难的同时，也给人们带来了一种救赎自我的愿望与期盼。作家将人生之实、人性之实揭示给现实中的人们，以此来唤醒人们，正视自身的存在。从这一意义上来说，余华在对丑恶、苦难的观照中闪现出了理想的光芒，当然这光芒是余华寄予世人的一种希望，而他自己则永远隐身在那阴冷、残忍、苦难的世界中，收起了悲悯之心，沉默地俯视着大地，细细地体味着其中的沉重与艰辛。

8 走向新写实的当代市民小说： 池莉小说赏析

池莉是新写实小说的代表作家。1987 年她以中篇小说《烦恼人生》开创了新写实小说创作的先河。主要作品有：《烦恼人生》《不谈爱情》《太阳出世》《冷也好热也好活着就好》《你是一条河》《预谋杀人》《午夜起舞》《生活秀》《怀念声名狼藉的日子》《来来往往》等。池莉无疑是当代文坛极具平民化色彩的一个作家，她的作品为读者描绘出了一幅幅五彩斑斓的当代市民生活图画。

8.1 庸常生活中人生真味的展现与书写

平民化是池莉小说最显著的特征，在文学创作日益个性化、多元化的 20 世纪 90 年代文坛，池莉将自己的写作空间定位于平民生存这一领域，从而为新时期文学开创了一个新的文学天地。文学创作的平民化趋向，是 20 世纪 80 年代中期多

元发展的文学潮流中最醒目的特点,以池莉为代表的新写实小说作家注重对平民大众的生存百态的揭示,冷静客观地展现当代中国人的生存现状与精神困境。新时期以来众多的小说创作潮流当中,池莉以其鲜明的平民意识确立了自身的艺术个性。深入开掘池莉小说的平民意识及其具体表现,对我们正确评价池莉小说的艺术得失,以及把握当下文坛的创作趋向,具有积极的意义。

在平凡世俗的平民现实生活中体味人生真谛,是池莉体现其平民生存关怀的一个重要的开掘方向。她以入乎其内的方式体验当代平民的生存之实,从而对他们的现实生活给以热切的关注。池莉称自己就是市民社会中的一员,所以她在描写人物的生存状态时,常常采用一种入乎其内、设身处地的体验方式。池莉对待生活不伪饰、不拔高,如实地叙写人生百态。在充满烦恼的人生流程展示中,池莉表达了对生活的热爱。中篇小说《烦恼人生》《不谈爱情》《太阳出世》构成了池莉描写当代平民生活的"人生三部曲"。作家将"家庭"作为透视人生的窗口,细致入微地展露了当代普通市民的生存之"实"。小说《不谈爱情》并不是为了表现古典爱情在当代都市生活中的一去不返,而是通过对知识分子家庭出身的庄建非与小市民家庭出身的吉玲从冲突到和解的叙写,让人们去触摸生活的真实,这种真实,是一种体验人生的实在和欢乐的真实。在《太阳出世》中,作家让那位在自己婚礼上大打出手的"混蛋马大哈"赵胜天,通过感受一个小生命的孕育、诞生和成长,变成一位充满爱心、好学上进的合格丈夫。生活的奔波与磨砺在这里具有了一种积极的意义。池莉总是带着一种务实而充满希望的目光关注她身边的平民生活。理想和信念并没有在她对生活毫无保留的铺叙中失去光彩,反而具有了一种坚实的生活基础。可以说,池莉的小说并没有消解理想,她只是赋予理想新的本质和形态,使理想也具有了一种坚实的生活基础。

20世纪80年代中后期浮出水面的池莉小说,抓住了中国人普遍的社会情绪和人民的生活状态、精神状态,密切地关注中国社会各阶层小人物的琐碎生活。从《烦恼人生》对当代普通工人家庭烦恼与工作劳累的叙写,到《来来往往》中对现代都市人生百态的展现,当代国人的生活状态第一次在作家笔下得到了如此生动与具体的表达。小说《烦恼人生》写的是一个普通的中国工人普普通通的一天。"早晨是从半夜开始的",小说起笔的一句话便将主人公印家厚带入一天的烦恼而忧

郁的生活当中。排队洗脸,赶公共汽车,乘江轮,吃早点,送孩子入托,奔车间,接孩子,又乘江轮,等到天黑睡下。小说按生活原状的时间流,记录了印家厚一天的生活全程。作家以冷峻、细腻的笔触描写主人公的微妙感受、独特体验、瞬间感悟。困扰芸芸众生的人生烦恼在这里得到了生动而形象的展现,每一个生活在当下社会的中国人都能在其中找到自己忙碌的身影。池莉小说的现实主义精神正是在这种对生活本相的揭示中,达到一种认真而严谨的高度。

8.2　历史的怯魅与宏大叙事的解构

生存本位意识是池莉小说创作表达其民间立场的首要坐标。在池莉看来,"为生存"是人生的第一要义。正是从这一立场出发,她对庸常世俗的平民生活给予最大限度的宽容与理解。为了生存,底层平民那种灰色苟且的生活哲学都有了存在的合理性。印家厚在不堪重负的奔波之余,感叹生活如网似梦。我们可以指责池莉的创作缺乏一种积极向上的人生价值取向,但不可否认的是,她所展示的恰恰是一种最根本的生存之实。生存,是每一个生活于世的人无法回避的事实。池莉真切地领悟到了这一点,并把这一点赤裸裸地表达了出来。在池莉小说的创作中,作家首先是对丰富而生动的生活进行叙写,注重写出本色的生活,而有意不让作品承担思想道德的教诲职责。池莉以一种平民的平视眼光和平常心态,关注和描写芸芸众生平平常常的生活,将他们对生活独特的感受和体验融入作品,表现出一种强烈的生存意识及平民本位思想。在池莉的小说中,作家不是以悲悯的眼光书写闰土的麻木与奴性,也不是以可憎、可笑、可怜的笔调叙写阿Q的精神胜利法,而是细致、生动地写出印家厚们的精神状态形成的过程。在对这一过程的真实还原中,池莉向读者展现了这种精神状态与世俗思想形成的必然性,使其对生活的审视及对平民生存的关怀有了更为坚实的基础。

池莉不仅以一种入乎其内的方式体验着当代平民的生活实感,而且还以同样的姿态走向了历史深处,在对历史生活的回叙中,池莉试图以同样的平民视角为历史寻找一个全新的认知方式与角度。她更注重陈述有关历史事件的民间记忆,在处理历史题材时,有意识地拒绝政治权力观念对历史的图解,尽可能地突显民间历史的本来面目。《凝眸》《预谋杀人》《细腰》《青奴》等就是池莉创作的几部具有一定代表性的历史题材小说。池莉在

这类作品中表现出其鲜明的民间立场倾向，与平民意识相呼应。在这些历史题材的作品中，她没有赋予历史任何先验性的理性思考，而是以一种平视型的目光还原历史的真实。小说《预谋杀人》以抗日战争为主要的时代背景展开叙述，其中涉及一些重要的历史人物，如国民党一二八师师长王劲哉，鄂豫边区新四军路西指挥部的指挥长陶铸，政委杨学诚，等等。但作家不是为我们开掘了一个关于抗日战争的历史话题，而是在这一背景下讲述了一个个人复仇的故事。生活在沔水镇的王腊狗为了报家族衰落的深仇大恨，一意置同门师兄丁宗望于死地，个人的狭隘目的成为讲述这段历史的焦点。作家没有用比王腊狗更高远的目光来反思历史，但正是在这样一种低视角的叙述中，我们体验到了历史的具体存在。历史不再是我们通常在史料上看到的那些僵死的文字，而是和我们正在经历的生活一样，具有了鲜活的质感与魅力。池莉站在民间立场上讲述历史故事，体现了她意欲打破我们对历史的传统认知的目的，同时也体现了作家对历史生活的一种深切的人文关怀。小说《你是一条河》描写的是女主人公辣辣在动荡不安的岁月里如何维系一家八口生计的艰辛过程。辣辣在三十岁时开始守寡，为了操持这个家的生计,她带领孩子们搓麻绳、剥莲子、捡猪毛。"文革"开始后因工厂停产断了生计,只好靠卖血养活全家,但更加不幸的是孩子们个个遭受厄运:福子夭折,社员因强奸罪被杀,艳春因浪漫的革命而蒙受耻辱,得屋患上精神病,弱智而又孤僻的贵子十六岁便莫名其妙地怀孕,冬儿下乡杳无音信,四清失踪。生活中的一切不幸都降临到辣辣身上,过度的操劳和极度贫血使她在五十五岁就命归黄泉。在这部作品中,作家完全站在现实生存的立场上去叙写主人公辣辣为了活着所做的一切努力,展现了辣辣身上那种顽强的生存意志,同时也表现了她为了生存这一目的而对一切社会道德规范的蔑视。辣辣与粮店老李、血库老朱的偷情苟合,不是出于淫荡的本性而是为了生存;辣辣对社员的偷窃恶习虽然有所警觉,但还是默许了他们的所作所为。辣辣的这种行为不是纵容犯罪而是迫于生存的无奈。相反,她对王贤良迂阔的高论,冬儿浪漫的理想乃至得屋无目的的折腾,都不屑一顾,因为在她看来,这一切不管有多么重大,都无关生存的要义。在这些人中,她唯一赞许过艳春保护"走资派"的"义举",那多半也是因为艳春最后成了这位"走资派"的儿媳,有了一个好的生活归宿。读者完全可以不赞成辣辣的

这种人生态度和生存方式，但不得不承认，在人们为取得最基本的生存权利和为满足最基本的生存需求所做的追求和奋斗中，辣辣的方式仍不失为一种好的生存选择。在这种生存选择中，作为一名普通的劳动妇女，她那种为了生存而搏斗的意志和力量，应该令众生为之容动。辣辣毕竟不是大奸大恶之人，她只是依靠自己和其弱小的家庭成员的劳动谋取生存而不是依靠坑蒙拐骗、巧取豪夺。虽然在她行动的时候，目的是生存，她可以蔑视道德和其他社会规范，然而当她思考的时候，她仍然无法摆脱对习俗、法律甚至冥冥之中的天数的畏惧。辣辣毕竟是一名典型的传统中国劳动妇女，像她和她的孩子这样的孤儿寡母，人们有什么理由指责她们不该把生存的价值看得高于一切呢？只是当我们思考人性的健全和完美时，才会觉得冬儿的浪漫和理想毕竟是更高一个层次的生存选择，才会理解得屋的折腾和发疯是生存环境压抑下的变态，才会在艳春的幻觉和盲动中发现其对不一样的生活出乎本能的追求，才会把社员的犯罪、福子的惨死、贵子的受污乃至四清出走，都归咎于生存环境的压迫。在这一幕有关生存的戏剧面前，池莉揭示了一个价值选择的矛盾：活着，抑或是放弃活着；生存，抑或是为了其他。正如辣辣曾经在生与死之间做过的痛苦的选择一样，我们也会经历像作品中的众生一样关于选择的痛苦。池莉在写出生活的贫困与恶劣时，也写出了人的倔强。当然，不是有什么远大的理想在支持着辣辣，让她在倒霉的生活中充满信心，而仅仅是求生的本能，是一种活下去的简单权利和愿望。从这里我们可以感受到，当作家立足于生存这一立场来解读生活时，传统现实主义作品体现出的善恶分明的价值立场是不复存在的，作家对充满无奈等复杂情感的民间生存状态的描写，不仅消解了读者对以往现实主义作品的理想、崇高等印象，还将读者对生活的价值判断引向了更加多元的空间。新写实小说作家对生活的描写重在还原而不是评价，这在一定程度上使作家作为世俗文化批判角色的知识分子精神立场发生了位移，具有了某种平民代言人和民间叙事人的色彩。

小说《凝眸》通过一位青年女知识分子柳真清的目光来展现革命战争年代党的艰苦斗争及党内的路线斗争。在作品中，柳真清是带着对革命的向往和对理想的追求走上革命道路的，其中也充满了她对爱情的真挚渴望。但在目睹了一系列革命的血腥斗争及党内的个人恩怨冲突后，她又重新回到了那个她曾经背离的封建家庭。与《青春之歌》

中的林道静相比，她们属于同一代人，走的是一条极为相似的人生追求道路，却有着截然不同的归属。二者都展示了一种历史的真实，但池莉为我们揭开了另一层不为人知的历史面纱。这种历史认知效果的取得，并不仅仅表现为作者对政治意识的有意偏离，还强烈地传达出作者在重新审视历史时所持有的民间立场。它使我们对历史有了一个全新的认知角度，也使我们在对历史的审视中有了更为积极的主观参与意识。

8.3　大众话语体系的审美建构

池莉的小说一方面渗透着强烈的平民意识，另一方面建构起了一个独具个人特色的大众话语体系。池莉强调对生存状态的逼真还原，力求形而下地展现平民生活的原生形态，她同时也为自己找到了一个符合自身审美取向的通俗化的艺术形式。如同赵树理以其特有的乡土气息标异于同时代的作家一样，池莉则通过构建一个大众话语体系确立了自身的审美特质。"大众"在这里涵盖了池莉小说平实、自然、通俗的艺术审美风格，而话语体系则是对池莉小说在语言、结构、叙述视角等艺术形式方面所形成的共同特征的一个指称，具体地表现为通俗化的小说语言、平视型的叙述视角及生活流式的叙事结构。

　　池莉小说的语言有着明显的口语化、通俗化倾向。池莉努力用一种通俗的语言逼近生活的本真状态。在《不谈爱情》《太阳出世》《冷也好热也好活着就好》《你以为你是谁》等作品中，池莉以通俗自如的语言描写夫妻争吵、纳凉聊天、打情骂俏等家长里短，勾勒出一幅幅武汉市井风情图，也使作品充满了一种温馨动人的生活气息。可以说，正是通过这种由日常口语展现的日常平凡生活体验，池莉表达了创作要回到个人日常生活的主张。另外，语言的口语化、通俗化，也使读者在阅读中有一种亲近之感，给人一种原汁原味的生活情趣。这种语言风格也很好地体现了新写实小说的美学追求，在通俗化了的语言叙述中，避免了作家情感在其中的渗透，消解了所述生活的诗意色彩，琐碎零乱、纷繁芜杂的生活在作家的平实叙写中得到了最为逼真的呈现。

　　池莉多采用生活流式的结构方式构思小说，常常按照生活的自然流程来展现其本真状貌。为了呈现出生活的原生形态，新写实小说作家有意回避对小说情节的精心营造与安排，而是依照生活的时间，展开对故事的叙述。新写实小说作家格外注重所讲故事与生活时间的对应，时间无疑

在他们的创作观念中有着不同寻常的意义。不论是"人生三部曲"、《来来往往》《致无尽岁月》，还是《你是一条河》《怀念声名狼藉的日子》，时间都是作家组织材料、描写人物生活的一个重要准则。"早晨是从半夜开始的"（《烦恼人生》），小说起笔的一句话，便使主人公印家厚如同上好了发条的闹钟一样开始了又一天的生活。小说按生活原状的时间流，记录了印家厚一天的生活全程。生活流式的叙事结构，使新写实小说作家笔下的生活有了一种动感，能使读者在平凡的日常生活中得到某种人生的启迪。在小说《太阳出世》中，池莉对女主人公李小兰从怀孕到生产的全过程做了细致入微的描写。正是由于作者对这一生育过程毫无保留的记录，我们才真切地感受到养育一个生命的繁重与不易，才会对母性的伟大产生更为真切的体会。《你是一条河》如流水一般地从辣辣丈夫去世一直写到辣辣自己死去，形象地记录了一户普通人家如河水流淌般的生活历程。这种生活流式的叙事结构，给人一种强烈的生活动感，使读者能够清晰地感受人生的沧桑，生命便在这样的流逝中体现了应有的意义。当然，生活流程的真实还原，也会让人们看到庸常纷扰的生活对人不易觉察的消磨。

构成池莉小说大众话语体系的最后一个方面是其平视型的叙述视角。池莉在对生活进行观照时,多采用入乎其内的体验方式,她对生活的描写不拔高、不伪饰,努力按生活的本来面目本本分分、实实在在地去写。池莉放弃了传统作家以知识分子的目光俯视生活的方式,而是以生活在芸芸众生中的平民身份直接走进生活,用自己的心灵与作品中的人物一同感受生活的烦扰与人生的沧桑。池莉正是带着这样一种情感体验,全身心地投入本色生活的叙写中。她在以设身处地的方式感受平民生存之实的同时,也将自己对生活的生命情感体验融入小说的创作当中。池莉笔下那些小人物的劳累与奔波、烦恼与无奈,无不浸透着作家个人的人生体验。平行、具象的生活视角,使池莉的小说在取材上努力向社会底层生活靠拢。在池莉的作品中,住房的拥挤、菜价的上涨、夫妻间的争吵、婆媳之间的鸡毛蒜皮,都是一些发生在你我家庭生活中的琐事。平视型的叙述视角使作家在进入生活时,往往不需要刻意地去选择和思索,而是在看似信手拈来的小事中,发掘生活的内蕴。大众化的审美艺术形式为池莉表达自己的平民关怀之情提供了一个自由的艺术空间,她本身也以自己生活化、通俗化的艺术趋向赋予了新写

实小说强烈的平民意识与民间意味。池莉在小说艺术创新上做出的种种努力，与她写生活、写生存的创作主张完美地结合在一起，共同彰显了池莉小说张扬平民意识的艺术精神与美学倾向。

9　乡土中国本色的审视与还原：
刘震云小说赏析

刘震云是中国当代文坛上的一位实力派作家。他的作品从《新兵连》《单位》《一地鸡毛》到《官场》《官人》，从《头人》到《故乡天下黄花》，从《口信》到《手机》再到《一句顶一万句》《我不是潘金莲》，其笔触不断向着乡土中国的人生细部延伸。于具体而微的生活细节处去解析历史之道、生存之道及权力之道，成为刘震云小说叙事的特色。刘震云审视的是乡土中国的生存史与演进史，关注的是当下中国社会的生活法则与精神症状，但他没有将这种思考汇入波澜壮阔的宏大历史事件中加以表现，而是从日常生活的底层进行抽丝剥茧般的钩沉与呈现。"道"在他的乡土本色与人生具象的叙述中得到了最为生动的诠释与还原。

9.1 乡土本色的还原与乡村叙事的位移

展现乡土本色是刘震云小说着力开掘的一个重要方向。在20世纪以来的新文学创作中,对中国乡土社会的审视与书写始终是一个重要的命题。鲁迅曾带着强烈的现代启蒙意识进行乡土书写,《阿Q正传》《故乡》《祝福》等一系列作品传递出了一代思想启蒙者对落后、蒙昧、守旧的乡村社会的鞭挞与批判。这种审视意识也直接影响了20世纪20年代一大批乡土文学作家,形成了五四时期文学书写乡村社会的一个重要的切入视角;20世纪30年代,沈从文则带着浓厚的眷恋情怀将目光投向自己的家乡,勾勒出一幅充满田园牧歌色彩的湘西风俗画。刘震云的乡土叙事则努力还原乡土本色,留下的是一个原生态的乡村社会生活图。

小说《头人》与《故乡天下黄花》是相互关联的两部作品,它们共同演绎的是沉淀于乡村社会中的权力法则。《头人》叙述了申村从晚清至20世纪八九十年代七任村长(村主任)的更迭史。从民国前的"我"姥爷他爹,到民国时期的宋家,再到中华人民共和国成立后的老孙、新喜、恩庆、贾祥,百年时间的流逝中,申村的村长(村主任)走马灯一般地轮换。小说所要揭示的是:时代在变,不变的是人们对权力的欲望,以及运用权力的法则。申村第一任村长(村主任)"我"姥爷他爹治村伊始,针对村里不断出现的男女偷情案实行了"封井"制度,即对被捉住的男女人家实行封井,七天之内不准当事人上井担水;针对村里不断发生的盗窃案,又实行了"染头"制度,即在村中所有的猪狗头上,按其归属染上不同的颜色,至此盗贼鲜有。此后的申村,不论是战事频发的民国时期,还是中华人民共和国成立后的阶级斗争岁月,直至"文革"后的改革开放,"封井"与"染头"历经近百年仍然是村长(村主任)治村最有效的手段。在这里,刘震云通过对申村村长(村主任)百年轮换史的审视,解析了乡土中国基层权力运作的原生状态。小说中的申村是中国大地上无数村落的一个缩影,活跃在这个乡村历史舞台上的是一个个乡村权力掌控者的身影,变换的唯有村长(村主任)的名字,不变的是由上而下对乡民的控制与盘剥。百年申村历史演进中的众乡民是一个无声的群体,作者似乎有意忽略了对他们的关注,但这也揭示出了中国乡村政治的本然状态。对于底层乡民而言,政治权力本来就在他们的意愿之外,他们从来都不是权力游戏的参与者,只是这种权力运作的承受

者。到了长篇小说《故乡天下黄花》中，刘震云将半个多世纪的乡村社会演变史以截取横断面的方式，分为民国初年、抗日战争、中华人民共和国成立、"文化大革命"四个时段进行讲述，沉淀在这一宏大历史进程与历史事件背后的依然是一部一成不变的村长（村主任）职位轮换史。与小说《头人》不同的是，在《故乡天下黄花》中，刘震云有意突出了历史叙事的时代背景。整部小说共分为四个部分，四个部分的标题分别为："村长的谋杀·民国初年""鬼子来了·一九四〇年""翻身·一九四九年""文化·一九六六至一九六八年"。从标题来看，这显然是一部切合中国现代宏大历史进程的历史叙事小说，但刘震云正是要在这一被正史叙述定格的历史框架中揭示乡村自身历史的混沌状态。在这部乡村历史中，血缘关系、宗族势力、私仇家恨始终凌驾于革命救亡、党派斗争、民族解放等历史理性意义之上，成为支配乡村历史的最根本的驱动力。刘震云通过对乡村历史进程中不变的权力纠葛的揭示，彻底消解了现代以来新文学有关乡土中国叙事中赋予乡村社会的诸如民族国家、启蒙救亡、政治解放、土地革命、国民性改造等宏大命题，层层的意义符码被剥离之后，浮现出的便是一个带有强烈的原生态色彩的乡村世界。

还原乡土本色成为刘震云小说创作的一个叙事目标,他努力地剥离附于乡土叙事上的观念性的认知和判断,以最本色的方式还原乡土人生的本来面目。《口信》与《手机》是刘震云另外两部相互关联的小说,后者是对前者在时间与空间上的延宕与展开。《口信》讲的是 1927 年发生在一个乡村中的故事,家住山西严家庄的严老有托贩驴的河南人老崔给远在张家口干活的儿子严白孩捎个口信,让自己的儿子于年底赶回来成亲。一个口信,历时两年,经贩驴的河南人老崔、戏班打鼓的山东菏泽人老胡再到起鸡眼的山东泰安人小罗,山高路远,人世沧桑,最终捎给了两千里之外的严白孩。一个口信的背后牵连出多少可以让人玩味的人生故事,过往乡村社会的生活方式、世态人情、情感道义都在这捎口信的辗转中呈现了出来。在小说《手机》中,刘震云将这一思索进行了进一步拓展,作品选取了 1927 年、1968 年,以及 2000 年前后三个时间点,从口信到邮局电话再到手机,从乡村到都市,从曾经当长工的曾祖父严老有到当下担任电视台知名栏目主持人的严守一,小说于飞跃式的生活变迁中去审视传统乡村的人生况味。生活于都市中的严守一最终在手机时代方便、快捷的通信网络中迷失了自己,而在那信息

只能靠口口传递的时代,沉淀下的却是旧时乡村社会人与人之间的质朴与诚信。在这一叙述的过程中,刘震云抽离了所述时间点背后的历史内涵,将口信和手机作为承载着丰富的历史信息及人生韵味的符码展开叙述,从而在乡村与都市、传统与现代的具象人生对照中,反观古老乡村社会生活的精神特质。

书

9.2　乡土命运的关注与乡土人生的史诗化

刘震云小说强烈的乡土本位意识的背后渗透着的是作者对乡村化的中国社会中小人物生存处境与命运的深刻思考。小说《温故一九四二》完成于 1993 年,在这部作品中,刘震云通过对 1942 年发生在家乡河南的一场大灾荒的追叙,表达了自己对湮没在历史烟尘中的乡村受难史的深切关怀。从写作形态上来看,小说《温故一九四二》更像是一篇带有历史考证性质的文献资料。1942年夏到 1943 年春的大旱灾导致河南三千万人受灾,三百万人被饿死,一段尘封的历史在刘震云的笔下被层层叠叠地展开。小说从幸存的灾民、蒋介石、当时报道灾情的记者、作者本人四个维度去还原那场灾害的历史面目。在灾害亲历者"我"姥娘、花爪舅舅、范克俭舅舅、曾经的县委书记老韩那里,五十年前的那场灾情已成为无法还原的记忆碎片,对苦难的隐忍和承受使这些幸存者早已习惯用淡忘来对待曾经的劫难。重返历史现场,蒋介石不顾灾情事实,不仅没有设法救灾,还明令在河南地区征收实物税和军粮的任务不变。也许,发生在1942年的灾害注定了灾民自生自灭的宿命。当灾区的难民们为了活命而卖儿卖女、易子而食时,《大公报》的记者张高峰、主编王芸生通报了灾情实录,但换来的却是停刊三天的处罚。最终在美国《时代》周刊记者白修德,以及英国《泰晤士报》记者哈里逊·福尔曼的介入下,蒋介石才不得不开始正视这场惨绝人寰的灾难,但无论如何,历史的事实是三百万人在那场灾害中被活活饿死。刘震云以小说的方式重回1942年的灾情现场,目的并不是还原这样一场灾情的本来面目。在多重视角的叙述之下,揭示出的是千百年来乡村民众的苦难生活被忽略的事实。也许乡村的苦难只有在被某种道义诉求需要时才会被提及和放大,孤立的乡村苦难似乎注定了要被历史抛弃和遗忘。小说《温故一九四二》的意义也许正在于此,重返历史现场,用记录来表达作家对乡村底层被湮没了的苦难历史的同情与反思。

刘震云在还原乡村人生本色、记录乡村卑微

历史的同时，也在努力地开掘乡村化的中国社会本身的人生内蕴与生命意味。2009年出版的长篇小说《一句顶一万句》正是作者在这一层面深入思索的一个收获。在这部小说中，刘震云去除了所有乡土本色之外的概念与元素，远离宏大的历史与时代背景，于日常乡村生活场景的捕捉与摹写中传递自己对乡村人生内蕴的思考。小说的叙事烦琐而细密。乡村社会日常生活中的家长里短、人事纠葛、邻里往来、娶妻生子、生计奔波构成了这部洋洋洒洒三十多万字小说的全部内容。小说开篇从延津镇上杨百顺的爹卖豆腐的老杨讲起，引出了老杨与赶大车的老马、铁匠铺的老李、卖驴肉火烧的老孔、卖葱的老段，以及卖胡辣汤也捎带卖烟丝的老窦之间的纷纷扰扰，其间并无大事，但作家却不紧不慢地一一细细道来。老杨晚年瘫痪在床，身体动不了，脑子里却还细细地过滤着几十年来与他人之间针头线脑的交往与过节。从对老杨的叙述中牵出了书中的主线人物其子杨百顺，枝枝蔓蔓地讲述了杨百顺因上学的事与父亲老杨翻脸，此后又历经了跟老曾杀猪、在老蒋染坊当学徒、结识牧师老詹、给县长老史种菜、与在县城里卖馒头的寡妇吴香香结婚等一系列人生遭际，名字也由最初的杨百顺，改为杨摩西，最后又更名为吴摩西。在杨百顺的故事中，又穿插着讲述了剃头的老裴、在私塾讲学的老汪、延津两任县长老胡和小韩、牧师老詹等人的人生故事。小说的时间跨度为七十年，空间上涉及河南、陕西、河北、山西等地，由杨百顺一家四代人又牵连出众多人物的人生百态。小说通篇都未展现大波大折，有的只是寻常人的寻常事。可以说，小说《一句顶一万句》使得刘震云真正实现了乡土本位的写作，让小人物还原为小人物，让历史回到历史的本位之中。琐碎而卑微的乡土人生的细节从来都被遗忘在宏大历史的叙述之外，刘震云细细拾来，汇聚而成的却是一部中国乡土民众的生活史诗。

《一句顶一万句》不仅为我们展现了一幅乡土民众的百态人生图画，同时它还沉淀着刘震云对这寻常人生的思考。小说《一句顶一万句》分上下两部：上部名为"出延津记"，可以让人联想到《旧约》中的"出埃及记"，作者为小说中的主人公取名吴摩西似乎也在暗示这其中的内在联系；下部名为"回延津记"，又让人联想到《荷马史诗》的下部"英雄奥德修斯的回家之旅"。当然，它们之间在精神诉求上风马牛不相及，但细究起来，作者又何尝不是在书写一部有关乡土中国的史诗。从整体上来看，主人公吴摩西（曾经的杨百顺）、吴摩西的

养女曹青娥(曾经的巧玲),以及曹青娥的儿子牛爱国祖孙三代人的人生之旅构成了小说的主体结构。吴摩西在四处奔波,寻找一个安身的处所;被人贩卖掉的曹青娥在四处奔波,寻找自己的干爹;牛爱国则在四处奔波,寻找一个可以说上心里话的朋友。奔波表现了这三位主人公的人生状态,一为安身,一为亲情,一为友情,他们所要寻找的汇聚在一起便构成了乡村底层民众的生存要义。整部小说讲述的是具象生活,但整体指向的却是对乡村民众人生内蕴的关注与揭示。

9.3 对"乡土中国"的文化反思与精神批判

乡土人生及其沉淀下来的乡土认知经验成为刘震云观察与解析中国社会文化结构形态及精神状貌的一个重要的视角和出发点。他对乡土中国精神肌理的审视不仅仅局限于乡村、乡民,还将其延伸到对当代中国城市社会形态及其精神文化特质的思考。从机关单位的生存法则到社会权力的运作机制,从官场官员到市井小民,刘震云审视的是根深蒂固的乡土经验如何在其中发酵、沉淀,以及是否存在一种无形的支配力。《新兵连》《单位》《一地鸡毛》《官人》《官场》《手机》《我叫刘跃进》《我不是潘金莲》等小说构成了刘震云解析城市乡土本色的重要文本。由此我们可以看到,刘震云在小说中注重品味庸常人生的内涵和意味,常常通过对具象的生活事物的捕捉来发现具象人生的韵味。小说《一地鸡毛》的起笔一句是:"小林家一斤豆腐变馊了。"整篇小说就是通过这一斤变馊了的豆腐,描写出了一个小人物生活的平庸、繁重,同时,也从这一斤变馊了的豆腐中,让读者看到了世俗生活对人的磨损。小说《官人》的开篇是:"二楼的厕所坏了。"从一个堵塞了的厕所出发,作者演绎出的却是一个单位里几位"官人"的官场沉浮。而小说《单位》则是从分一筐烂梨写起,以又一次分梨收笔,在看似平淡无奇的单位生活中,作家却写出了世俗生活平庸且令人害怕的一面。

刘震云在对生活进行观照时,极力地回避先验性的概念,侧重于对具象生活的细处予以观察。反过来也可以说,大波大折的事件对于人生来说充满着偶然性与不确定性,宏大的历史事件又被人为地赋予了太多的附加意义,而在那些具体而微的生活琐事中才有可能隐藏着历史的真正秘密。于是在小说《新兵连》中,作者重点围绕王滴、老肥、元首等几个新兵争当"骨干"一事展开叙述,也正是在对这一争夺的凝视与开掘中,揭示出了功利化的生存竞争在新兵连里的存在与蔓延。对

具象人生的逼真还原与深度审视也使得刘震云的小说创作具有了某种消解宏大叙事的韵味。洗净铅华的历史与生活，剩下的便是琐碎的细节，没有了宏大话语的统领，人生形态最本色的一面逐渐开始呈现。对于芸芸众生而言，日常琐碎的生活细节中蕴含着他们的喜怒哀乐甚至人生意义。在刘震云的小说中，烦琐的人物对话、不厌其烦的细节描写连绵而来，家长里短、鸡毛蒜皮、闲言碎语都成为其津津乐道的内容，作家也正是以此来发掘隐藏在细节之中的人生沉淀的。

刘震云的小说一方面努力开掘平凡生活中的人生真味，如实地写出人生的劳累与困顿，记录着"小人物"遭受的"生命不能承受之重"，同时也对庸众身上的那种苟且偷生、随遇而安、得过且过的活命哲学给予了冷静的谛视与批判。小说《单位》以冷静从容的笔调叙写了主人公小林触目惊心的"成长"过程。大学毕业的小林初到单位时意气风发、个性鲜明，对于单位中司空见惯的陈规与陋俗表示了极大的蔑视与不满，所以当老乔为了笼络小林而提醒他写一份入党申请书时，小林不屑一顾地用"目前我对贵党不感兴趣"一口回绝。等到结婚成家、老婆怀孕后，与他人共挤一个单元房的小林开始认识到了生活的切实需求和自己必须努力争得的具体目标。他开始清楚地认识到要想获得这一切,首先自己得混出个样子,而要想混出个样子就得认认真真、主动积极地去遵守自己先前所憎、所嘲笑过的那些陈规陋俗。在生活的重压面前,小林成熟了,也务实了,但这一切又是多么令人心悸与震撼。到了《一地鸡毛》里,小林的"务实"精神,以及切实的生活哲学更为丰富和完善了。如果说在《单位》中他还想着要通过努力表现,以求入党、提干而改善生存环境的话,到了这时,他连这些愿望也打消了,所有的欲求只是如何能让自己的那个小小的家庭温饱无虞。当小林本着公事公办的态度为家乡办好了一件事却意外地得到了家乡人赠送的微波炉时,小林已经彻底满足了。就着用微波炉烤的半只鸡喝啤酒的小林得意地对老婆说:"其实世界上事情也简单,只要弄明白一个道理,按道理办事,生活就像流水,一天天过下去,也满(蛮)舒服。舒服世界,环球同此凉热。"满意的小林在睡梦中梦见自己睡觉,"上边盖着一堆鸡毛,下边铺着许多人掉下来的皮屑,柔软舒服,度年如日"。"一地鸡毛"在这里显然已成为小林零乱琐碎、毫无诗意的生活的象征,也是小林身上所体现出来的那种麻木的精神状态的象征。作家在冷漠平实的叙述中,揭示出了普通小人物

在琐碎和沉重的生活重压下，意志与激情的磨损状况，深刻而令人心悸地写出了当代人庸俗麻木、得过且过、随遇而安的生存状态。

中国 20 世纪 50 年代的作家群大多有着强烈的历史意识与乡土情结。作为一位秉承 90 年代所形成的新写实主义文学写作精神的作家，刘震云坚持着客观、写实、还原生活与生存本相的写作理念，不断地从现实生活世相的细节处去发掘和展示乡土中国的精神肌理。同样是对乡土中国历史与现状的揭示与描摹，刘震云笔下的社会形态及生存境况呈现出一种纯粹而直截了当的质感。他褪去了五四运动以来以鲁迅为代表的作家渗透于乡土书写中的精神知识分子式的审视与批判，同时也与贾平凹、陈忠实、张炜、阎连科等当代作家的家国寓言、文化隐喻式的乡村书写拉开了距离。与莫言主观意象化的乡村生存图景相比，刘震云的乡土人生更具有一种接地气的坦诚与平实；与路遥那种由乡而城的渴念与理想主义激情相比，刘震云则有意地消解了由"现代"这一词语赋予城市的种种文明神话，他更注重呈现的是在现代中国城市文明与生活形态深处隐藏着的乡村气质，着重揭示其与乡村之间血脉相连的关系。的确，中国的城市形态更多的是行政管理与社会化管理的结果,缺乏工业文明的洗礼与浸染。正因如此,在刘震云这里,乡村不再是作为与城市文明形态相对的另一极而存在,而是成为城市精神文化心理的发源地,同时也为城市提供了认知经验与生存常识,刘震云由此展开对社会百态人生底蕴的解读,于庸常而琐碎的叙述中去发掘乡土中国之"道"。

参考文献

[1] 罗广斌,杨益言.红岩[M].北京:中国青年出版社,1961.

[2] 杨沫.青春之歌[M].北京:人民文学出版社,1961.

[3] 鲁迅.鲁迅全集[M].北京:人民文学出版社,1981.

[4] 余华.余华作品集[M].中国社会科学出版社,1993.

[5] 池莉.池莉文集[M].南京:江苏文艺出版社,1995.

[6] 曹禺.曹禺全集[M].石家庄:花山文艺出版社,1996.

[7] 金圣华.傅雷与他的世界[M].北京:生活·读书·新知三联书店,1996.

[8] 傅雷.傅雷家书[M].北京:生活·读书·新知三联书店,1998.

[9] 张贤亮.我的倾诉[M].上海:上海人民出版社,2013.

［10］张贤亮.绿化树［M］.北京:人民文学出版社,2014.

［11］刘震云.刘震云文集［M］.武汉:长江文艺出版社,2016.

后　记

　　收录在这本书中的每个专题都曾以单篇论文的形式发表过,这些专题也可以说是我近些年来在中国现当代文学领域进行教学和研究的心得汇聚。书名"经典回眸",意在对百年新文学发展史上的名家名作进行重新阐释,但这种阐释不是要推翻旧论,而是重在把那种个人性的感悟与理解表达出来。文本的解读始终是文学研究的基础和出发点,也正是这本小书的用意所在。书中的每一个专题都聚焦于中国现当代文学史上的某一重要作家或作品,有的侧重对作品内涵的开掘,如对鲁迅的《祝福》、曹禺的《雷雨》的解读;有的侧重对文本生成过程的追溯与解析,如对小说《红岩》与《青春之歌》的解析;也有的侧重将文本作为特定历史语境的生成物进行分析,从而以文本为依托重返历史现场,解读文本背后的历史隐秘,如对《傅雷家书》及《绿化树》的阐释与分析。所以,书中对作家作品的解读也有着方法论层面的意义,而这也是编纂本书的目的之一,即将多样的文本分析策略与方法呈现给阅读者。书中的每个专题中都加入了能够链接音频和视频的二维码,相信这样的设计会使阅读更具有现场感，也会使得阅读中的交流与对话变得更为立体和丰富。

本书是作为"网络化人文丛书"系列而出版，这套丛书从选题策划到编写统稿，都是在浙江工商大学蒋承勇教授的全面主持下才得以完成，在此深表感谢！同时也要感谢浙江工商大学出版社的鲍观明社长，以及浙江工商大学人文学院副院长程丽蓉教授在这套丛书出版过程中的倾力付出与大力支持！当然也十分感谢本书的编辑王耀，他的认真负责和辛劳工作同样是本书得以顺利出版的有力保障。

盛夏已过，窗外绿意依然，但多了几分宁静之美，愿这宁静能够成为阅读很好的陪伴。

郭剑敏

2018 年 9 月 6 日